ベリーズ文庫

クールな脳外科医と溺愛まみれの契約婚
～３年越しの一途な愛で陥落させられました～

和泉あや

STARTS
スターツ出版株式会社

目次

クールな脳外科医と溺愛まみれの契約婚
～3年越しの一途な愛で陥落させられました～

クールな脳外科医と溺愛まみれの契約婚
～3年越しの一途な愛で陥落させられました～

序章　星に願いを

朝のお天気コーナーにて、美人で評判の予報士が梅雨明けを笑顔で告げた六月下旬――。

沖縄《おきなわ》のリゾートホテルに勤務している桜井《さくらい》菜子《なこ》は、いつものようにフロントカウンターに立っていた。

「いらっしゃいませ」

「チェックインをお願いします」

「かしこまりました。お名前をお伺いいたします」

通常のチェックイン時刻となる十五時。

フロントに並ぶ宿泊客の列を前に、菜子は一人ひとり笑顔で迎え対応する。

「すみません、明日の星空ツアーはまだ参加できますか？」

「四名様まででしたら空きがございます。ご予約なさいますか？」

「よかった！　それじゃあ三名でお願いします」

「かしこまりました。では、こちらに参加者様のお名前をご記入ください」

申込書への記入を願いボールペンを手渡した時、エントランスからダンディーな初老の男性がやってきた。

男性はホテルの常連客で、名を近藤《こんどう》という。

菜子が新人だった頃から気さくに話しかけてくれる、人当たりのいい人物だ。

近藤に軽く手を振られた菜子は、笑みを浮かべて会釈する。

いつものように、近藤が菜子の受け付けする列に並ぶ。

その時、菜子はふと、近藤の顔に違和感を覚えて思わず見つめた。

近藤は微笑んでいるが、表情が動いているのは顔半分だけ。

その不自然さに疑問を感じたのと、近藤が冷たい床に倒れたのはほぼ同時だった。

「近藤様！」

菜子が対応中の客に断りを入れて、フロントカウンターから飛び出す直前、倒れた近藤の傍らに男性客が膝をついた。

「大丈夫ですか？」

慣れた手つきで状態を確認する様子に、男性が医療従事者だと判断した菜子は、ならばと急ぎ救急車の手配をする。

ちょうど電話を終えた時、近藤の状態を診ていた男性客が顔を上げた。

年は自分より少し上だろうか。

俳優のような整った顔立ちのその客が、真剣な瞳で菜子を見る。

「君、救急車を」

「到着まで五分ほどだそうです」

答えながら菜子も近藤の横に膝をついた。

「対応が早いな」

「近藤様は、脳卒中の疑いをお医者様に指摘されたと、以前に仰っていましたので」

昨年の今頃、観光名所の質問を受けた際、会話の流れで病気について話してくれていたのだ。

病が悪くならない今のうちに、あちこち回りたい、と。

そして、先ほどの表情の異変。

瞬時に気付けなかったが、あれは麻痺によるものだろう。

「顧客の持病まで把握してるとは優秀なフロントですね」

「お客様をおもてなしし、サポートするのが私の勤めですから」

「それなら俺は、この人を必ず助けます。それが医者の勤めだからな」

頼もしい言葉で宣言した男性客の微笑みに、それどころではないとわかっていても、心臓が甘く高鳴るのを止められなかった。

そして、その夜。

仕事を終えて更衣室に向かう道すがら、廊下を歩くその男性客を見つけて小走りで追いかけてしまったのは、おそらく本能的ななにかが働いたからだ。

菜子にとって、彼が特別な人になる。

そんな予感が。

途中、見失ってしまい焦ったが、見て回ると彼は人の少ないナイトプールのプールサイドにいた。

カラフルに色を変えて光るビーチボールが浮かぶプールには入らず、カフェで頼んだコーヒーを片手にビーチチェアーに座り、夜空を仰いでいる。

今夜はよく晴れていて、うっすらとだが天の川も肉眼で見える。

「お客様」

声をかけた菜子は、椅子の横に膝をつき視線を合わせた。

「君はフロントの……」

「本日はありがとうございました。近藤様は無事だとスタッフから聞きました」

家族から連絡を受けたスタッフの話によると、倒れた際の処置が的確かつ、急遽手術に立ち会った医師の腕がよく、手術は短時間で終わったらしい。

「いえ、俺は少し手伝っただけです。でも、助けられてよかった。おそらく予後も大きな心配はないと思います」

告げてコーヒーをひと口飲んだ彼は、星が瞬く夜空を見上げる。

「そうなんですね！　お元気になった近藤様にお会いできるのが楽しみです」

菜子が破顔すると、彼もつられるように頬を緩めた。

「きっと、近藤さんもあなたのその笑顔に早く会いたいでしょうね」

「え？」

ホテルではなく、自分が対象の話になり菜子は目を瞬かせた。

すると男性客はハッとし、コーヒーを持たない手で口もとを覆い隠す。

「あ、いえ……ホテルの居心地はもちろんですが、ホテルスタッフが笑顔で迎えてくれるのも、客は嬉しいものだろうと」

男性客の照れた横顔に、菜子は都合よく考えてしまう。

彼は、自分の笑顔を見てそう感じ、褒めてくれているのではと。

「そんな風に仰っていただけて嬉しいです。お客様も、ぜひまたいらしてくださいね。笑顔でお迎えしますから」

「ええ、必ずまた来ます。……あなたの笑顔を楽しみに」
はにかまれて、菜子の心臓がときめいて跳ね上がる。
客に惹かれるなんて、恋するなんてよくない。
だから、これ以上踏み込むことはできないけれど……。
菜子は、夜空に浮かぶ天の川をそっと見上げる。
(今年の七夕の願いごと、決まったかも)
きっと、この恋の種を花開かせるのは難しい。
けれど。

――どうかまた、彼に会えますように。

一章　空白の時間

遠くから聞こえる目覚ましアラームのけたたましい音で、夢の世界から現実へと引き戻される。

「んー……」

瞼を閉じたままパタパタと手で目覚まし時計を探し、ようやく見つけるとたどたどしくボタンを押して止めた。

なんだか懐かしい夢を見ていた気がするが、よく思い出せない。

もう一度寝たら同じ夢を見られるだろうか。

二度寝をしようかと考えた菜子は、ハッと双眸を見開いた。

(夢を追いかけて寝ている場合じゃない！)

勢いよく起き上がった菜子は、掛布団を引きはがしてベッドから降りた。

朝のルーティンをこなし、バターを塗ったトーストを齧りながらスマホと睨めっこする。

画面に表示されているのは求人情報だ。

（うーん……新着はなしか。退去日が迫ってるのにどうしよう）

溜め息を吐き、苦めのブラックコーヒーを飲みつつ二週間前の出来事を思い出す。

『本当に申し訳ない』

朝礼にて深々と頭を下げたのは、菜子が働く長野《ながの》の高原リゾートホテルのオーナーだ。

申し訳なさそうに眉を下げるオーナーの説明によると、リゾートホテルは経営不振により、大手不動産会社に吸収合併されることが決定。

新しい経営者の意向で、人員整理が行われることを知らされたのだが、フロント係の菜子は解雇となってしまったのだ。

しかも社員寮に住んでいたため退去せねばならず、菜子は急いで次の職と引っ越し先を探し始めた。

しかし、どちらもなかなか見つからない。

期限は容赦なく迫り、ひとまず新居だけでも先に決めようと考えたのだが、求人の多い都会を選べば家賃は高く、安いところは求人の少ない地域で通勤に支障が出そうだ。

貯金もあまりないので無理はできない。

三年しか働いていないため、退職金も微々たる程度だ。

「はぁ……真面目に働いてきたのに、こんなのあんまりだわ」

大学卒業後、沖縄のリゾートホテルに就職。

家の事情で退職を余儀なくされるも、やりがいを感じていたため経験を活かして、長野のホテルに再就職したというのに、うまくいかずに気持ちが沈む。

だが、嘆いていても状況は好転しない。

「ネットがダメならこっちよ」

菜子はテーブルにスマホを置くと、まだ見つけられていない求人情報を求めて、昨日大量にゲットしたフリーペーパーや雑誌を次々と開く。

「あれ、医療系まで持ってきてた」

表紙に受付業務と書いてあったので、業種をしっかり確認せず手に取ったのだろう。

(さすがに病院の受付業務はホテルのフロントとは違うわよね)

手にしたついでにパラパラとページを捲ってみると、巻頭特集に『東央医科大学《とうおういかだいがく》病院《びょういん》』の文字を見て手を止めた。

そこは、一時期東京《とうきょう》に住んでいた菜子が、病気や怪我で世話になっていた病院なのだ。

懐かしくなり、さらっと目を通す。

どうやら東央医科大学病院で働く医師たちのキャリアや、そこで働く理由について紹介しているようだ。

菜子や家族が世話になった医師はいるだろうか。

気になって探すが、特に見当たらない。

「内科の女医さん、すごく綺麗な人だから、こういうの載ったら応募増えそうなのに。この人もマスクとスコープでちゃんと見えないけどイケメンそう」

手術中の写真なので目線もカメラにないが、まるでドラマのワンシーンのように見える。

「若きスーパードクター、脳神経外科、真城《ましろ》――」

と、紹介文に視線を走らせたその時だ。

スマホが着信音を奏で、ディスプレイに幼馴染の名前を表示させた。

菜子は通話ボタンをタップして、スピーカーをオンにする。

「悠生《ゆうせい》、おはよ。朝からどうしたの？」

『朗報だ』

「わかった。彼女ができたんでしょ」

爽やかな風貌とくったくのない笑顔が老若男女問わず人気の幼馴染、加納《かのう》悠生。

同じ年の彼とは幼稚園からの付き合いで、仲良くなり始めたのは中学の頃だ。

以来、腐れ縁のように共に行動することが多く、大学時代はリゾートバイトも一緒にやっていた。


世話焼きな性分の悠生は、シングルマザーの菜子の母が他界した時も、三年前、菜子が事故に遭い大変だった時も、共に暮らしていた菜子の祖父が闘病の末亡くなったあとも、あれやこれやと菜子を気にかけてサポートしてくれている。

菜子にとって悠生は、同じ年ではあるが兄のように頼りになり、安心できる存在だ。

『残念、ハズレ』

「じゃあ正解は？」

『その前に、菜子、仕事は決まったか？』

「まだなの。引っ越し先も決まってなくて……」

落ち込みつつも焦りを伝えると、悠生は『ならやっぱり朗報だな』と明るい口調で言った。

『実は、俺の勤務先のマンションで、コンシェルジュがひとり入院することになったんだ。で、急遽二週間限定でコンシェルジュの募集かけるらしいんだけど、上司にお前のこと話したら、フロント経験者なら研修なしでもいいって言ってくれててさ。お前やる？』

「わっ、ありがたい！　でも都内よね？　家賃が厳しいかも」

『そこも問題なし。社員寮に空きがあって、勤務期間中なら住んでいいってさ』

「本当⁉　やるわ！　ぜひやらせて！」

仕事も住居も提供してもらえるのは、今の菜子にとってかなりありがたい。

二週間とはいえ、ひとまずどうにかなり、心から安堵した菜子はテーブルに突っ伏す。

「悠生、本当にありがとう……。おかげで路頭に迷わずに済むわ」

『役に立ててよかったよ。じゃあ、上司に伝えておくな。寮の入居日とか、詳細聞いたらまた連絡するわ』

「うん、準備して待ってる！」

そうして通話ボタンをタップした菜子は、「よし！」と気合を入れて立ち上がる。

マンションコンシェルジュの仕事は初めてだが、ホテルでの経験が役立つかもしれない。

そして、繋ぎで仕事をしている間に、引き続き次の職場と家を探さねば。

むんっと、気合を入れてガッツポーズをした菜子は、食器を片付けるとすぐに引っ越しの準備と手配に取り掛かった。

（いざ、約三年振りの東京へ！）

＊　＊　＊

悠生がコンシェルジュとして働くマンション『アーバン・ザ・レジデンス』は、都内一等地に建つ十五階建ての高級マンションだ。

タイル張りの重厚感が漂う外観。

吹き抜けの解放感溢れるロビーラウンジはラウンジチェアがあり、大きな窓越しに広いガーデンテラスが眺められる。

一、二階にはパーティールームや会議室など様々な共有施設が並び、十四階にはフィットネス施設と温水プールが備えられ、最上階はペントハウスという豪華仕様。

リゾートホテルで働いていなければ、確実に気後れしていただろうレベルのマンションで今日から働く菜子は、スタッフルームで両手を広げた。

「どうかな？　おかしくない？」

高級マンションに相応しい、上品な黒い制服に身を包んだ自分の姿を、同じく男性用の制服を纏う悠生に見せる。

「おかしくないし似合ってる。でもスカーフがちょっと曲がってるか」

そう言って悠生は手を伸ばし、菜子の首もとを飾るスカーフの位置を直した。

「ありがとう、ママ」

「誰がママだ」

相変わらず世話を焼いてくれる悠生と、いつもの調子でボケツッコミを楽しむ。

「これでよし。うん、いいんじゃないか。経験豊富なコンシェルジュって感じで」

悠生の口ぶりは冗談めかすようだが、その瞳は温かさを滲ませて細められている。

「そう見えるのは前職のおかげかも。でも、マンションコンシェルジュの仕事は初めてだからドキドキしてる」

昨日、社員寮に荷物を運び終えた菜子は、このスタッフルームでコンシェルジュサービス会社の課長と挨拶を交わし、履歴書を手渡した。

『桜井菜子さん、二十七歳。前職はリゾートホテルのフロント勤務。ああ、フロントリーダーをやってたんですね。うん、加納君から聞いてた通り即戦力として申し分ない。短い間ですがよろしくお願いします』

　悠生が交渉してくれたおかげで面接免除で採用してもらい、そのうえ期待までしてもらっているが故に、きちんとやらなければというプレッシャーがある。

　緊張を逃がすように深呼吸する菜子の肩を、悠生がポンポンと宥めるように叩いた。

「俺がサポートするから、そんな気を張らなくて大丈夫だって」

「でも、ホテルのフロント業務とは違うでしょう？」

「まあ、相手は客じゃなくて、入居者って違いはあるな。でも、業務内容は似てるとこもあるんじゃないか？　あ、これマニュアルな」

　思い出したように言って手渡されたのは、『業務マニュアル』と書かれた分厚いファイルだ。

「基本的な流れとか、各業務の説明がひと通り書いてある。もし俺が傍にいなくてわからないことがあれば、まずはそのマニュアルを確認すれば大抵はどうにかなる」

「了解です。加納先輩」

「いや先輩って。なんかむずがゆいからやめてくれ」

「私も呼んでむずむずした。でも、仕事中に悠生って呼ぶのはよくないでしょう？」

　仕事とプライベートは分けるべきで、コンシェルジュとして悠生は先輩だから呼んだのだが、どうやら不服なようで眉をしかめている。

「確かによくはないけど……じゃあ、せめて加納さんで。つっても、これも違和感はんぱないけど」

どんな呼び方にせよ、長年「悠生」と「菜子」で呼び合ってきたのでしっくりこない。

悠生に同意しながら菜子はくすくすと笑った。

「ふふっ、了解です、加納さん。新人桜井、二週間のピンチヒッターとして誠心誠意頑張りますので、ご指導よろしくお願いします」

コンシェルジュらしく丁寧に頭を下げる。

「頼りにしてるよ、桜井さん」

合わせて苗字で呼んだ悠生だったが、彼はひと呼吸置いて「でも」と続ける。

「頑張りすぎるなよ。お前は昔から尽くし魔だから」

悠生の大きな手が菜子の頭をくしゃりと撫でる。

鎖骨丈のボブカットヘアが乱れて、菜子は姿勢を戻しつつ手で髪を撫でつけて直した。

「悠生には言われたくない」

自分が尽くし魔だという自覚はあるが、それを言うなら悠生は世話焼き魔だ。

悠生は菜子が考えていることがわかったのだろう。

壁に飾られている鏡を覗き込み、ネクタイを直しながら口を開く。

「言っとくけど、俺が世話焼くのはお前限定。誰にでも尽くしがちなお前とは違うの」

ずばり悠生に言われて、菜子は「うっ」と声を漏らした。

悠生が菜子限定で世話を焼くのは、彼にとって菜子が頼りなく見えるからだろう。

もういい大人だしなにもできないわけではないが、家族以外で菜子が心から頼れるのは悠生くらいなのは事実。

そうして彼の優しさに甘え続けた結果、悠生はすっかり菜子の世話を焼くのが当たり前のようになってしまった。

「いつもご心配をおかけしてすみません……」

「はぁ……相変わらず鈍感だな」

肩を落としてぼそっと呟いた悠生の声が聞き取れず、菜子は「え？」と小首を傾げた。

しかし悠生は「なんでもねーよ」とどこか不機嫌な様子で鏡から離れた。

――尽くし魔。

菜子自身、否定できないその癖は、母がシングルマザーになってからついたものだ。

両親が離婚したのは、菜子が小学校低学年の頃だった。

なにが原因で離婚したのかは知らない。

けれど、菜子は母に連れられて住み慣れた家を出て、１ＤＫの安アパートに移り住み、母娘ふたりの生活が始まった。

その日から、娘のためにと毎日休みなく仕事に明け暮れる母を見た菜子は、自分も母のために頑張らねばと奮起。

母の負担を少しでも軽くしようと、自分にできることを率先して行った。

そんな頑張りを母に褒められ、菜子はもっと母に喜んでもらおうと尽くすようになったのだ。

そしてそれは母だけにとどまらず、友人や知人にもするようになり、いつしか、人を喜ばせることが菜子の生きがいになっていった。

菜子のそんな『尽くす』という性分は、悠生から見ると『頑張りすぎ』のようだ。

けれど接客業には向いていて、客の喜ぶ顔が見られるリゾートホテルのフロント業務は性に合っていた。

コンシェルジュの仕事でも、ひとりでも多くの入居者に満足してもらえるよう、粉骨砕身して尽くしたい……と思っているのだが。

「とにかく、頑張りすぎは禁止な。なにかあればすぐに言えよ」

悠生に甘えてばかりではいけない気もするが、心配をかけたくはない。それゆえ、無理は禁物と心得、素直に頼らせてもらうことにする。

「うん、困ったら相談する。ありがとう」

菜子の返答に満足したのか、悠生は目を細めて頷いた。

「よし、そろそろ時間だな。行こう」

コンシェルジュは二十四時間業務で、菜子は七時〜十九時の日勤担当だ。夜勤と交代すべく、緊張に胸を高鳴らせながら悠生と共にコンシェルジュホールに向かう。

ロビー同様、天井から足もとまである大きな窓から自然光が取り入れられた開放感あるホールは、ピカピカに磨かれた大理石の床が広がっている。

その上をヒールの音を鳴らして歩き進めると、鏡面素材のカウンター越しに、初老の男性がにこにこしながらこちらに向かって一礼した。

「白石《しらいし》さん、おはようございます」

悠生が会釈するのに倣い、菜子も頭を下げる。

「おはよう加納君。そちらがピンチヒッターの新人さん？」

「そうです。俺の幼馴染の」と悠生が紹介し、菜子はピンと背筋を伸ばした。

「桜井です。よろしくお願いします」

「夜勤中心でやってます白石です。こちらこそよろしくお願いします」

穏やかな口調と柔和な笑み。

白石さんが醸し出す柔らかな雰囲気にほっこりしていると、カウンターに入った悠生がノートを手に取る。

「引き継ぎ事項はありますか？」

「ああ、栗原《くりはら》様から大きな宅配便の手配依頼が一件。朝、出勤前に取りに来てくれとのことだよ」

「栗原様か。宅配便なら菜子……じゃなかった。桜井さんやってみるか？」

「ええ、ホテルでも似たようなことをやっていたから大丈夫だと思うわ」

お客様に頼まれて、客室に伺い荷物を宅配便で送ることはちょくちょくあった。

住居と客室の違いはあるが、手順に大きな違いはないだろう。

念のため悠生に流れを確認すると、やはり基本的にやり方は同じで安堵する。

即戦力として雇われたからには、こうしてすぐに役立てることが嬉しい。

「うんうん、頼もしいですね」

白石さんにもそう言ってもらえて、モチベーションも上がる。

その後、引き継ぎ案件の他に、住居者の状況把握や一日のスケジュールが共有され、白石さんが上がるといよいよ本格的にコンシェルジュ業務が始まった。

仕事に向かう住居者たちを見送り、時に初めましてと挨拶を交わし、やがて荷物引き取りの時刻がやってきた。

菜子はマンションのフロアマップを確認し、悠生の指示を受けて用意した台車を押して、最上階フロア専用のエレベーターに乗り込んだ。

十五階に到着すると、専用のカードキーを使って自動ドアを開ける。

さすがというべきか、最上階フロアは高級ホテルさながらの造りになっており、菜子はラグジュアリー感たっぷりの内廊下を進んだ。

「えっと……一五〇七号室……あった」

玄関前に立ち、オシャレな筆記体で『ＫＵＲＩＨＡＲＡ』と書かれた表札を確認する。

さっそくインターフォンを押すと、ややあってスピーカーから「どなた？」と女性の声が聞こえてきた。

「おはようございます。コンシェルジュの桜井と申します。お荷物をお預かりに参りました」

「はーい。ちょっと待っててください」

「かしこまりました」

緊張を逃がすように息を吐き、姿勢を正して待機する。

すると、しばらくのあとにドアが開いて、ロングヘアの巻き髪を揺らす美女が現れた。

自分と同年代だろうか。

身体のラインにピタリと沿った膝丈のワンピースがなんともセクシーで、女性のスタイルのよさを際立たせている。

「おはようございます、栗原様」

「おはようございます……というか、初めまして？」

「はい！　本日から二週間ですがコンシェルジュを勤めさせていただきます、新人の桜井と申します。どうぞよろしくお願いいたします」

お辞儀をすると、興味ないと言わんばかりのトーンで「ふーん」という声が返ってくる。

「栗原です。にしても、二週間限定って珍しいですね」

「休養の方が戻ってくるまでのピンチヒッターなんです」

伝えた直後、栗原が目を見開いた。

「えっ、休養ってもしかして加納さんだったり？」

「いいえ、別の方ですよ」

「それならよかった〜。加納さんはイケメンで目の保養だから、二週間も会えないのは寂しいもの」

（さすが悠生。ここでも女性のハートを摑んでるのね）

昔から女子受けがよいが、コンシェルジュの制服に身を包む悠生は、菜子が見ても様になっていて格好いい。

住居者の中に他にも悠生ファンがいそうだなと思いつつ、預かった荷物を台車に乗せた。

貼り付けてある伝票を見て、不備がないかチェックする。

「問題ないですね。では、お荷物お預かりします」

「よろしくお願いします。あ、そうだ。パーティールームの予約をしたいんですけど」

「フロントに戻り次第すぐにお調べいたします。ご希望のお日にち、お時間はございますか？」

ジャケットのポケットから、小さなメモ帳とペンを取り出して尋ねる。

「土日で、時間は十八時から二十二時くらいまで」

「承知しました」

曜日と時間を口頭で繰り返しつつさっとメモを取る最中、「あと十分くらいで出てフロントに寄るから、それまでにリストアップしてくれます？」と言われ、それも追加で書き留めておく。

「かしこまりました。それでは失礼いたし――」

「あっ、真城先生ぇ！　おはようございます！」

一礼しかけた時、栗原が突如身体をくねらせ猫撫で声を発した。

（真城……？　最近どこかで聞いたような……）

いつ、どこでだったか。

思案しつつ栗原の視線を辿って振り返ると、隣の角部屋のポーチから、すらりとした長身の男性が出てくる。

麗しい、という表現が相応しい端整な顔立ちと、廊下の照明に照らされて茶色く色づく柔らかな髪。

菜子は名前の疑問も挨拶も忘れ、その美貌に釘付けになった。

すっと通った鼻筋の上、少し長めの前髪から覗く色素の薄い瞳がこちらに向く。

「おはようござい……っ……」

挨拶を返そうとした薄い唇は、最後まで言葉を紡ぐことなく動きを止めた。

長い睫毛に縁どられた双眸が見つめるのは、栗原ではなく菜子。

「君、は……」

菜子を捉える瞳が驚きに染まり、揺れる。

瞠目する真城の様子に栗原が首を傾げた。

「お知り合い？」

真城は答えない。

いや、聞こえてない、といった方が正しいか。

自分を凝視する真城の代わりに、菜子は「いいえ」と首を横に振った。

こんな芸能人レベルの人と出会ったら忘れるはずもない。

（っていけない、挨拶してない！）

気付いた菜子は、慌てて腰を折る。

「初めまして、今日から二週間、コンシェルジュとして勤めさせていただきます桜井と申します」

「……は?」

返されたのは不機嫌そうな低い声。

そして、訝し気な眼差し。

すっと細まった切れ長の双眸に、菜子は怯んで肩を小さく寄せた。

「あ、あの……?」

(わ、私、なにかしてしまった?)

挨拶に問題があったのか、もしくは出勤時になにかしてしまっていたのか。

脳内で心当たりを必死に探すが、それらしきものは浮かばない。

「真城先生、どうしたんです?」

栗原が声をかけると、真城はようやく菜子から視線を外した。

「……いえ。仕事に遅れるので、失礼します」

それだけ言うと、ポーチの扉を閉めてすたすたと廊下を歩く。

「え、ええ。いってらっしゃい!」

すれ違いざま、ちらりと視線を受けた菜子は、姿勢を正してお辞儀する。

「いってらっしゃいませ!」

返事はなかった。

真城がエレベーターホールへと姿を消すと、知らないうちに強張っていた身体から力が抜ける。

「あなた、彼になにかしたの？」

「いえ……初めてお会いしましたし、なにもしてないはず、なんですけど」

自分に覚えがないのなら、誰かと勘違いされているのかもしれない。

そんな結論に思い至った菜子の横で、腕を組んだ栗原は「ふーん？」と釈然としなさそうに頭を傾けた。

「まあ、真城先生があの態度ならあなたはライバル候補から除外ってことね。ピンチヒッター桜井さん、これからよろしくね」

「あっ、はい。よろしくお願いいたします」

笑顔で一礼し、栗原が部屋へ戻るのを見送ってから踵を返す。

ライバル、というのは、おそらく恋のライバルにはならないという意味だろう。

（つまり、栗原様は真城様に好意を持っているのね）

悠生を目の保養だと話していたし、真城へのそれが本気かどうかはわかりかねるが、菜子がライバルにはなりえない。なぜなら、マンションコンシェルジュが住人と恋愛関係になるなど言語道断だからだ。

ゆえにそんな心配は無用だが、コンシェルジュとしては住人との関係が悪いのはいただけない気がする。

（私、真城様に嫌われてるのかな）

原因はわからないが、その場合どうしたものか。

悩みながら荷物を宅配便置き場に置いてコンシェルジュホールに戻ると、ノートパソコンと向き合う悠生が顔を上げた。

「お疲れ。うまくできたか？」

「うん、問題なく。あっ、栗原様からパーティールームの予約をお願いされたの。やり方教えてもらってもいい？」

「ああ。パーティールームなら……このエクセルファイルを開くと予約状況がわかる」

デスクトップにあるファイルをクリックした悠生の横に並び、土日の十八時から空いている日を確認する。

栗原に目で見てもらえるようメモ帳に日時を書き出していると、見守っていた悠生が口を開いた。

「栗原様、大丈夫だったか？」

「なにが？」

「あの人、人の好き嫌いが激しいから、気に入らないコンシェルジュに冷たいんだ」

声を潜めた説明に、菜子は少しだけ納得できてしまう。

（女性コンシェルジュの場合、恋のライバルになると判断されたら冷たくされるのかも）

だが、先ほどの真城の態度により、菜子はライバル候補から除外されたばかりだ。

「多分大丈夫だと思う。それよりも真城様の方が心配かも……」

「真城様？　そういえばさっき見かけた時、いつもより表情硬かったな。なにかあったのか？」

「なにもないはずなんだけど……。真城様ってどんな人か知ってる？」

自分との接点を探すべく、悠生に聞き込みをする。

「俺はあんまり詳しくはないけど、確か、東央医科大学病院の医者だって、白石さんと話してたな」

（なるほど。だから栗原様は『先生』と呼んでいたのね）

菜子はそこではたと思い出す。

数日前に見たフリーペーパーに、東央医科大学病院の真城という医師の紹介記事がなかったか。

「そうだわ！　あのスーパードクターだ！」

さっき名前が引っかかったのもそれだ。

「知ってるのか？」

「この前、医療系の求人情報誌に載ってた人かなって。確か真城って苗字だった気がするの」

説明するも、悠生は特に興味なさそうに「へー」と相槌を打つ。

「というか、東医大って、私とおじいちゃんがお世話になった病院よね」

菜子が交通事故に遭った時も、肺がんからの転移性脳腫瘍によりこの世を去った母方の祖父も世話になり入院していた。

厳しくも愛情深い祖父が亡くなってから縁がなくなったが、真城がそこの医者だと知り、ピンと閃く。

「もしかして、その時に失礼なことしてたのかな」

主治医は別の医師だったし、覚えがないということはあまり関わりがなかったのだろう。

だが接点はあったので、そこにヒントがあるのだと菜子は予想した。

「なにもないって言ったり、失礼なことしたとか言ったり、どうした？」

「うん……私もよくわからなくて。ちなみに悠生はお見舞いに来てくれた時、真城様に会ったことある？」

「いや、ないと思う」

菜子が事故に遭ったと知らせを受けた時は主治医に会ったが、と悠生は続けた。

（もし、真城様と話す機会があれば聞いてみよう）

自分も祖父も入院していたことを話せば、それをきっかけになにかわかるかもしれない。

そんな風に考えた菜子は、気持ちを切り替えて仕事に集中するのだった。


（あと十分か）

コンシェルジュ勤務初日の上がりの時間が迫る中、菜子が日報に引き継ぎ事項を記入している時のこと。

白髪で、腰の曲がった高齢女性が、てくてくとコンシェルジュホールにやってくるのが見えた。

フロントに立つ菜子はペンを置き、フロントへと近づく高齢女性に一礼した。

すると高齢女性はニコニコと顔の皺を深める。

「お芋食べる？　お芋好きでしょう？」

「え？」

なんの話かと首を傾げると、オーナーズルームの片付けから戻った悠生が「五十嵐《いがらし》様」と高齢女性に歩み寄った。

「どうしました？」

「この前のお芋食べる？」

「ああ、いいですね」

そう答えた悠生は、菜子に「五十嵐様は認知症なんだ」と耳打ちした。

なるほど、だから話に脈絡がないのかと納得した菜子に、五十嵐は「あなたは焼き芋派よね」と話を続ける。

祖父は入院中、薬の副作用か年のせいか、認知症の症状が出ていた。

その時『否定せず、受け入れる会話を』とアドバイスを受けた。

ホテルで働いていた時も認知症患者がたまに宿泊していたので、祖父にしていたように接したことがあるのだが、その家族に喜んでもらえた記憶がある。

話に付き合ってくれてありがとうございます、と。

（……あれ？　そういえば、アドバイスをくれたお医者さんって誰だっけ？）

病院で聞いた気がするが、その相手が思い出せない。

「ねえ、明日も食べる？」

問われた菜子は、思考を切り替えて五十嵐に微笑みかけた。

「五十嵐様がお作りになるんですか？」

「そうよ。明日は一日中作るつもり。美味しい作り方があるの」

「わあ、それ知りたいです」

「ふふふ、特別に教えてあげる」

とっておきの秘密だと言わんばかりに声を潜めた五十嵐は、楽しそうにコンシェルジュホールのソファに座る。

そんな五十嵐の隣に、菜子も笑みを浮かべて腰を下ろした。

そうして、時々飛躍してしまう話に合わせせつつ会話し、どのくらい経ったか。

夜勤の白石がフロントに立ち、悠生が引き継ぎ事項を伝えるのをちらりと確認した直後。

「五十嵐さん、お散歩ですか？」

ジャケットを腕にかけたスーツ姿の真城がロビーからやってきた。

「あら、だあれ？　あなたのお友達？」

「いえ、この方は」

尋ねられた菜子が答えようとすると、真城は五十嵐の前に跪く。

「五十嵐さんの主治医の真城です」

「あら、お医者さんなのね。そうだ。お芋、あなたも食べる？」

「残念ながら夕食を食べてしまったのでまた今度。よかったら散歩がてら家までお送りしましょうか」

「いいわね、お散歩は大好きよ。ふふふ」

五十嵐が立ち上がると、悠生がすぐに駆けつける。

「真城様、おかえりなさいませ。五十嵐様は私がお送りします。五十嵐様、行きましょうか」

悠生のエスコートで家までの短い散歩に繰り出した五十嵐が、また芋の話をしているのが聞こえる。

相当好きなんだろうなと微笑んでいる内に、真城は白石が控えているカウンターの前に立った。

「クリーニングの引き取りを」

「かしこまりました。少々お待ちください」

白石はフロント横から繋がる、管理室に入っていく。

残された菜子は、朝の真城の様子を思い出して気まずく感じるも、話すチャンスだと思い笑みを貼り付けた。

「真城様は五十嵐様の主治医なんですね」

「……ええ」

（よかった！　返事してもらえた！）

もしかしたらスルーされるかもと思っていた菜子は、真城の反応に密かに安堵した。

ここから会話を広げ、少しでも関係を円滑にしようと菜子はさらに口を開く。

「東医大にお勤めだとお聞きしました。実は私の祖父が以前お世話になっていて私も――」

「その話を俺にする意図は？」

「……え？」

冷たい声で問われ、菜子の身体が凍り付いたように固まった。

「初めましてと告げたあげく、君の祖父君が入院していたと俺に話すのは、どういうつもりだ？」

怒っているような、悲しんでいるような、そんな複雑な表情の真城に戸惑っていると、ビニールカバーの被せられたスーツを手に白石が戻ってきた。

「お待たせしました真城様。スーツが二点ですね」

「ええ、ありがとうございます」

真城はなにごともなかったように菜子から目を逸らし、クリーニングされたスーツを受け取ると、颯爽と背を向けエレベーターホールへ向かう。

（どういう意味……？）

『初めましてと告げたあげく』という口ぶりに引っかかりを覚え、首を捻る。

覚えはないが、やはり彼と会ったことがあるということか。

尋ねたくとも、先ほどの様子に追いかけるのは憚られ、結局菜子は謎を解明できないまま退勤した。


「ていうか、やっぱり尽くし魔だな」

居酒屋の半個室にて、テーブルを挟んで正面に座る悠生が程よい塩気の枝豆を手に笑った。

『歓迎会してやるよ』

悠生にそう言われたのは、着替えを済ませて更衣室を出た時だ。

『飲みに行く金銭的余裕なんてないって』

そんな金があったら、職探しに困って短期の仕事なんて受けていないと断ると、奢りに決まってるだろと手を引かれ、この居酒屋に連れてこられたのが数分前。

そして、とりあえず生ビールをふたつと枝豆を頼み、ジョッキをぶつけて乾杯したのがつい先ほどだ。

悠生は枝豆のさやを小皿に捨てると、菜子に手のひらを見せて親指を折り曲げる。

「虫退治に、酒の買い付けに、極めつけは五十嵐様の話し相手」

人差し指、中指と順にたたんで、悠生は片眉を上げた。

「よく頑張ったでしょ？」

「そうだな。でもそこまでやんなくてもとは思う」

「どうして？　居住者様の困りごとをサポートするのがコンシェルジュの仕事じゃない」

「けどお前、虫すっげー苦手じゃん」

そうなのだ。

菜子は虫全般が苦手なのだが、今日の昼頃、三階の居住者から『助けてください！黒いあいつが！』と呼び出しを受け頑張って退治した。

「無理せず俺に頼めばよかったのに」

「でも悠生休憩中だったし、なんなら悠生も虫苦手でしょ？」

大学生の頃、ひとり暮らしする悠生のアパートに遊びに行った際、黒いあいつが出た時の騒ぎっぷりを思い出して問う。

すると悠生は、うっと言葉を詰まらせた。

「い、いや、そうだけど、お前よりかは平気だって。多分。あと、酒の件な。あれはちょっと尽くしがすぎる気がするぞ」

虫について話した時より、悠生の顔つきが真面目なものになる。

尽くしすぎだという酒の件は、パーティールームで食事会をしていた居住者の相談から始まった。

『ゲストがこの酒しか飲まないっていうんだけど、近くに売ってる店がないか調べてもらえますか？』

そう依頼された菜子が、近隣のスーパーマーケットや酒屋に問い合わせたところ、最寄りの駅ビルにあると判明。

主催者である居住者はパーティールームを離れられないというので、菜子が代わりに買いに走ったのだ。

届けると居住者とゲストから感謝され、喜ばれ、菜子は満足したのだが……。

「電話して売ってる場所を調べるまではいいと思う。けど、菜子はコンシェルジュとしてマンションでの業務もあるんだから、買いに行くのはどうかと思うぜ」

実のところ、その点は菜子も少し悩んだ。

リゾートホテルのフロント業務では、お客様に依頼されて外になにかを買いに行くことはほとんどない。

もちろんケースバイケースで受けることもあったが、マニュアルでは病気や怪我などという緊急性の高い場合に限られていた。

しかし、そのあたりの線引きについて、アーバン・ザ・レジデンスのマニュアルには記載されておらず、『前のマンションのコンシェルジュはやってくれた』と言われたのもあり引き受けたのだ。

「ある程度線引きしないとトラブルになるから、無理なものは居住者に対応してもらった方がいいぞ」

確かに、あれこれ引き受けては他のコンシェルジュの負担にもなりかねない。

勝手に判断しないで自重しなければ。

菜子は反省し、項垂れて頭を下げる。

「ごめんなさい。初日から勝手なことして。次からは別の方法がないか提案してみる」

「ん、もしくは俺に連絡な」

そう言って、悠生はまた枝豆を手にした。

「でも、五十嵐様については文句なし。ただ、真城様が来なかったら、娘さん夫婦が迎えにくるまで付き合ってたんじゃないかって不安はあったけど」

「まあな。にしても、入居者の話を聞くのもコンシェルジュの大事な仕事でしょ？」

「まあな。にしても、五十嵐様、お前と話してて楽しそうだったな。あんな風に笑ってるの、初めて見たかも」

「そうなの？」

「ああ、五十嵐様がマンション内をうろつくのは時々あるけど、会話してても話が飛びがちだろ？　だから会話が弾むことがなかなかないんだよな。でも、菜子はうまく話してて、さすが敬老会のアイドルだなと感服したわ」

突如、学生時代、悠生限定で呼ばれていた異名を口にされ、菜子は「懐かしい」と笑った。

母と死別する前からおじいちゃん子だった菜子は、夏休み中は隣町の祖父の家に滞在していた。

早朝のラジオ体操から始まり、畑で育てている野菜の収穫の手伝いにおつかいなど。祖父と共に過ごしているうちに、自然と、祖父と付き合いのある高齢者たちとの交流が多くなり、可愛がられるようになったのだ。

ちなみに悠生がなぜ知っているのかというと、町内会付属の敬老会に、悠生の祖父母も加入していた繋がりからだ。

悠生の祖母が『桜井さんのお孫さんの菜子ちゃんは、敬老会のアイドルなのよ』と言ったのが始まりである。

悠生との関係は、まごうことなく腐れ縁だと菜子はしみじみ思う。

「でも、その経験のおかげで五十嵐様に楽しんでもらえたならよかった」

祖父とのやり取りで得たスキルで五十嵐が楽しい時間を過ごせたなら、コンシェルジュ冥利に尽きる。

真城との関係で下がっていたモチベーションが、ぐっと上がるのを感じ、菜子は明るい気持ちでビールを飲んだ。

次いで、悠生が追加注文してくれた好物のネギマを一本手にし、箸で串から抜き取る。

「まあ、仕事に一生懸命なのはいいけど、次の職と家探しも忘れんなよ」

「忘れてないよ……！　今日も帰ったら血眼になって物件と仕事探す予定だし」

「血眼って。すげー必死なの伝わってきたわ。まあ、どうしても見つからない時は俺も協力するから言えよ」

「ありがとう、ママ。ビールお代わりしていい？」

「おう俺も……って、だからママじゃねぇ」

ツッコミが入って笑うと、悠生も仕方なさそうに苦笑する。

そこからは一緒にスマホで物件探しが始まり、やはり都内の家賃は高いと嘆いてお代わりしたビールをぐっと煽《あお》った。


「ふーっ……焼き鳥美味しかったなぁ」

ほろ酔い気分で独り言ちた菜子は、建ち並ぶビルに切り取られた夜空を見上げ、ふうっと息を吐く。

明日も仕事があるからと歓迎会は早めにお開きとなった。

会計を済ませた悠生に『送ってく』と言われたが、コンビニに寄って帰るからと断り、ひとり夜風で酔いを醒ましつつ歩く。

春とはいえまだ肌寒く、菜子は羽織っているGジャンの前ボタンを閉めた。

車道脇に等間隔で並ぶ桜の木には、ぽつぽつと薄桃色の花が咲き始めている。

今朝の開花予報では、しばらくはすっきりしない天候が続くので、満開はまだもう少し先になりそうだと予報士が言っていた。

(ちょうど満開になる頃に、コンシェルジュの仕事が終わるかな)

晴れ晴れとした笑顔で卒業できるよう、早いところ次の職と住処を探さねば。

先ほど悠生と一緒に検索しまくったところ、都内ならフロント業務の募集は多くあった。

だが、やはり物件の家賃が高い。

(貯金をもっとちゃんとしておけばよかった)

寮で生活していたとはいえ、家賃の半分は自分持ちで水道光熱費も全額実費。

その他給料からあれこれと引かれてしまうので、生活費を除くと手もとに残るのはそれほど多くなかった。

とはいえ、切り詰めればどうにかなったかもしれないが。

「はー……未来予知能力があれば、この危機をどうにか乗り越えられたかも」

そんな漫画や映画のような不思議な能力が備わるなんてありえないが、つい現実逃避してしまう。

せめて解雇される事態になると早めにわかっていれば、食費を切り詰め、嗜好品への出費を抑えて貯金にまわしたのに。

「世知辛いなぁ……」

「さっきからぶつぶつとやばいやつだな」

「ふぇっ⁉」

突如、後ろから声がかかって振り返ると、いったいいつからいたのか、そこにはマンションで遭遇した時とは違い、カジュアルな服装の真城がいた。

「えっ、あれ？　声に出てました？」

「出てた。誰かと通話でもしてるのかと思ったが、耳にイヤフォンはないし。住んでるマンションのコンシェルジュが不審者通報されては迷惑だ。黙って歩いてもらえるか」

「す、すみません……」

辛辣な言葉に頭を下げて視線を落とした先、真城の手から伸びるリードに可愛らしいパピヨンがいるのに気付いて菜子は破顔ししゃがみ込んだ。

「可愛い。真城様のおうちの子ですか？」

「……ああ」

短い答えを聞き、菜子はパピヨンに「こんばんは」と挨拶する。

「私はあなたが住むマンションのコンシェルジュをやってます桜井です。よろしくね」

「ワンッ！」

「お返事上手！　おりこうさんですね。ワンちゃんのお名前聞いてもいいですか？」

真城を見上げると、彼は少しの逡巡のあと。

「……ラテ」と教えてくれた。

「ラテ！　実は、私が何年か前に保護した子犬もラテっていうんです」

それは三年前の冬のこと。

入院している祖父を見舞うため、病院を目指して河川敷を歩いていると、か細い鳴き声が聞こえて橋の下に捨てられた子犬を見つけた。

その日は雪が降るほど寒く、段ボールの中で震えている子犬を見捨てることなどできなかった菜子は、そのまま子犬を保護。

その犬につけた名がラテだった。

白とキャラメル色のふわふわな毛が、温かなカフェラテみたいで、その名をつけたのだ。

「毛の色も犬種も一緒です」

すごい偶然だと思いながらも、胸の内になにか引っかかるものを感じて僅かに首を傾げる。

そういえば、保護したラテはどうなったか。

「確か、里親になってくれた人がいた、はず……なんですけど、誰、だっけ……？」

混濁する記憶の中、答えを探すようにぶつぶつと呟く。

すると、菜子を見下ろす真城の眉間にぐっと皺が寄った。

「なにを言ってるんだ？　……まさかとは思うが、忘れたのか？」

驚きつつも訝しむ真城の言動に、菜子はようやくピンとくる。

「もしかして、ラテを引き取ってくれたのって、真城様なんですか？」

それを忘れてしまっているから、朝、真城はあのような態度だったのでは。

「君は……」

相変わらず眉を顰めた真城が口を開いた時だ。

「お、いたいた！　菜子！」

さきほど別れた悠生が、こちらへ手を振ってやってくる。

「悠生、どうしたの」

「これ、居酒屋に忘れてっただろ。店から連絡きたんだよ」

ほらと言って、悠生が差し出したのは菜子のスマホだ。

続く悠生の説明によると、悠生は居酒屋の常連で、会員カードを利用しているので登録している携帯番号に連絡がきたらしい。

「わっ、ごめん！　わざわざありがとう」

今の今まで全然気がつかなかったと苦笑した菜子は、立ち上がってスマホを受け取った。

悠生は一緒にいるのが真城だと気付き、瞠目する。

「って、真城様！　こんばんは！」

「こんばんは。おふたりは、職場の同僚にしては、ずいぶんと親しそうですね」

「ああ、実は彼女は幼馴染で。色々あって短期で仕事を頼めないかって声をかけたんです」

「幼馴染……ああ、君が」

ひとり納得して話す真城だが、いまひとつその要領を得られず、菜子と悠生は同時に目を瞬かせた。

保護した子犬の件に悠生は関わっていなかったと記憶しているが、なにか関係があるのか。

ここであれこれ考えるより真城に聞くのが早いだろうと、菜子は真城に向き直る。

「あの、真城様」

しかし――。

「悪いが、今はひとりにしてほしい」

そんな言葉と共に背を向けられては話を続けることはできず。

「は、はい……」

菜子は仕方なく引き下がり、ラテと共に去っていく背中を見送った。

隣に立つ悠生が「お前、やっぱ真城様となんかあったのか？」と尋ねる。

しかし、未だはっきりとしない状況は変わらずで、菜子は「かもしれない」と、少しずつ冷え込むビルの谷間でぽつりと零した。

◆　◆　◆

東央医科大学病院、脳神経外科の診察室で、真城透哉《とうや》は午前診療、最後の患者と向き合っていた。

「では、副作用の症状を減らすため、今回は一錠減らしてお薬を処方します。ひと月分出しますので、様子を見てください」

「真城先生、量を減らして発作が出やすくなったりしませんか？」

心配そうに尋ねた若い女性は、五年ほど前に事故に遭い、てんかん発作が出るようになった患者だ。

「前回の脳波検査で脳波は安定していましたし、減らしてもおそらく問題ないと思います。ですが、なにかあればすぐにいらしてもらって大丈夫ですので」

いつでも対処可能であることを伝えると、患者は安堵したように肩の力を抜いた。

「わかりました」

「では、次の予約はひと月後に」

真城はパソコンを慣れた手つきで操作し、次回の予約日を確定すると、一礼して診察室を出る患者を「お大事に」と見送った。

書いたばかりの処方箋を看護師に渡し、ペンを置いてひと息つく。

（さて、昼飯はあとにして、まずはアレを調べにいくか）

立ち上がりつつ脳裏に浮かべるのは、昨日再会した桜井菜子の様子だ。

連絡がつかなくなり、もう二度と会えないと思っていた人が、突如マンションコンシェルジュとして現れた。

だがしかし、彼女は真城を忘れたように『初めまして』と挨拶したのだ。

最初は、再会してしまった気まずさから忘れた振りをしているのだと思ったが……。

(昨夜のあの反応、記憶の混乱が見られた。あれは忘れた演技としては不自然だ)

あの様子は、明らかに『忘れた』人のものだった。

(思い返してみれば、彼女はそんな器用な人間ではなかったな)

思ったことがすぐに顔に出るような素直な女性だ。

ということは。

(やはり、三年前のあの別れのあと、彼女になにかあった可能性が高い)

そしてもしこの病院に運ばれたなら、カルテが残っているはずだ。

予想しながら保管室を目指して廊下を歩いていると、前から同僚で同期の八乙女《やおとめ》がやってきて、真城に向かって手を振った。

「よぉ、透哉。今日も社食だろ？」

今どきのイケメンといった容貌の八乙女は、真城の大学時代の友人だ。

小児科医として昨年この東医大に赴任して以来、昼はほぼ毎日社食で顔を突き合わせている。

「いや、少し調べたいことがあるから、あとで売店で買う」

「なんだよ。飯食いながら合コンの相談したかったのに」

付き合ってもすぐに別れる飽き性の八乙女は、年がら年中合コンに参加しており、巷では合コンマスターと呼ばれているらしい。

そして、その合コンマスターからしょっちゅう誘いを受ける真城は、げんなりして溜め息を落とした。

「俺は行かないっていつも言ってるだろ」

「お前を呼べっていつも言われるんだよ」

「悪いが、何度誘われようと行かない」

今回もしっかりと断りを入れる。

すると八乙女は呆れたように溜め息を吐いた。

「透哉さぁ、勝手にいなくなった女なんていい加減忘れて、次の恋に進んだ方がいいと思うぞ」

「いなくなったままならな」

真城の淡々とした返答に、八乙女は目を爛々と輝かせる。

「もしかしてもしかすると、連絡取れたのか?」

「いや、向こうから現れた。ただし、俺のことを忘れて」

「は？　どういうこと？」

「それをこれから確かめるんだよ」

詳しくは今度説明する。

そう続けた真城は、白衣の裾を靡かせ再び歩き出した。

(念のため、昨夜は下手に刺激しないようにあの場で本人への言及は控えたが、あれはおそらく……)

思い当たるひとつの可能性を胸にエレベーターで上階へ。

会議室のあるフロアを通り抜け、突き当たりの保管室前に到着すると、セキュリティにネームカードを翳して解除し扉を押し開けた。

人気のない室内には空調の音だけが静かに響いている。

後ろ手に扉を閉めた真城は、カルテやフィルム、医療系の資料などがびっしりと詰まっている棚の間を進み、座り心地の悪い椅子に腰を下ろした。

パソコンを立ち上げ、デスクトップ画面にあるカルテのデータベースにアクセスする。

検索スペースに『桜井菜子』と名前を入力して検索ボタンを押した。

「あった……！」

ヒットした名前をクリックし、カルテデータを開く。

すると予想通り、交通事故により救急搬送されたと記されていた。

「全身打撲、頭部外傷性脳損傷により、事故数時間前の記憶消失……」

読み上げる声が尻すぼんでいく中、搬送された日付を見て息を呑んだ。

「……二月十日って、俺が臨床留学に発った日じゃないか」

弱々しく呟いた真城は、空港で『いってらっしゃい』と寂しそうに微笑んだ彼女の姿を思い出し、眉を切なげに寄せる。

『脳震盪後症候群』

確かに記されている診断名に言葉を失う。

もしかしてとは思っていたが、やはり。

「菜子は、俺を忘れたんだな」

空港で交わした約束も、築き上げた思い出も、すべて。

そしておそらく、失ったのは数時間前の出来事と真城の存在のみなのだろう。

なぜなら、ふたりに共通の友人はおらず、ふたりの交流を唯一知っているのは患者だった菜子の祖父だけ。

しかしその祖父も認知症の症状があり、帰国した時には亡くなっていた。

つまり、菜子はずっと、真城を『忘れている』ことに気付けない環境にいたのだ。
(処置記録を見る限り、大きなオペを行ってはいないようだな)
各検査結果にも異常は見られず、経過も順調そうだが。
真城は力なく机に肘をつき、両手で顔を覆う。
「こんなことってあるか……？」
鼻で笑うように独り言ちた声は、ひどく弱々しかった。

二章　もう一度、ここから

『関東では、午後から広い範囲で雨が降るでしょう』

朝、テレビで見た予報士の言葉通り、コンシェルジュホールの窓の外、すっかり夜の帳《とばり》が下りた庭には、いつの間にか雨がぽつぽつと降っていた。

照明で照らされた木々が、雨粒を受けて葉を揺らす。

フロントに立ってその様子をぼんやりと眺めている菜子の脳裏には、本日うん十回目となる、昨夜の光景が再生されていた。

『なにを言ってるんだ？　……まさかとは思うが、忘れたのか？』

怪訝な顔で菜子を見た真城の反応と言葉。

気になりすぎてなかなか寝付けず、今朝は寝坊してしまった。

幸い、遅刻はせずに済んだのだが、寝不足のせいか低気圧のせいか、今日は朝からずっと頭がすっきりしない。

「……らいさん……おーい？　……菜子！」

「へっ!?」

いつからいたのか。

隣に立つ悠生に名前を呼ばれて、菜子は肩を震わせた。

「なに？」

「もう上がりの時間だって声かけたんだよ」

全然聞こえていなかったので、菜子は驚いてカウンターのデジタル時計を見た。

確かに十九時をまわっていて、おまけに白石も出勤しているではないか。

「お疲れですか？　今日はゆっくり休んでくださいね」

気遣うような優しい笑みを浮かべた白石に礼を述べると、菜子は悠生と共に退勤した。

頭の片隅に真城の姿を浮かべながら着替えを済ませて更衣室から出る。

すると、パイプ椅子に腰掛ける私服姿の悠生が、冷蔵庫にストックしてある缶コーヒーを差し出した。

「ちょっと話そうぜ」

コーヒーを受け取って悠生の向かいに腰を下ろすや、さっそく「お前、大丈夫か？」と問われる。

「なにが？」

「いや、お前今日一日、上の空って感じだっただろ？　それって昨日の夜、真城様とギクシャクしたせいじゃないかと思って」

どうやら悠生にはお見通しらしい。

菜子は缶コーヒーにテーブルに置き、申し訳なく眉尻を下げた。

「心配かけてごめんね。でも平気」

「出た。菜子の平気、大丈夫は信用できないんだよな。つか、俺言ったはずだけど？　頑張りすぎは禁止。なにかあればすぐに言えって」

「それは仕事についてでしょう？」

真城は勤務先マンションの居住者だが、仕事上でトラブルがあったわけではない。

とはいえそれも、菜子の予想が合っていればの話だが。

「は？　つまり、プライベートで真城様となんかあるのか？」

悠生が目をすっと細めて、剣呑な雰囲気になる。

「め、目が怖いよ悠生」

「あるのか？」

一言一句強調して問われた菜子は、悠生の圧に狼狽え、肩を小さく寄せた。

「ある……のかもしれないけど、私には覚えがなくて」

「どういう意味だ？　真城様はお前を知ってるってこと？」

「なのかな？　実は昨日、ラテ君の話を真城様としてた時に、『忘れたのか？』って言われたから」

「ラテって真城様が飼ってる犬？」

菜子は缶コーヒーを見つめながらこくりと頷く。

「何年か前に、子犬を保護したって話したことあるでしょう？　その子につけた名前もラテで、犬種も同じなの。それで、もしかしたら、里親になってくれたのが真城様だったのかなって」

「なんで曖昧？　確かめればいいだろ」

「確かめようと思ったけど、ひとりにしてほしいって行っちゃったから」

「ああ……昨日のあれはそういう流れだったのか」

得心した悠生が呟くのを聞きながら、菜子は昨日一日の真城の様子を回顧する。

「思えば昨日の朝も私を知ってるような素振りではあったし、私はすっかり忘れてて薄情なやつって思われたのかも」

「だけど、犬を保護したのって三年以上前だよな。確か年末だったか」

「さすが悠生、よく覚えてるね」

「犬の話と一緒に、年越しの話もしてたからな」

「そうだっけ？　私覚えてないや」

子犬を保護した時期は覚えているが、電話でどんな会話をしたかまでは菜子の記憶にない。

「そう。お前はそうなんだよ。基本少し忘れっぽい」

ずばり指摘され、菜子は「うっ」と短く呻いた。

「で、でもほら、三年も前の話だし。むしろ覚えてる悠生がすごいんだよ」

「それだよ。つまり、三年も経てば、一、二度程度しか会ってない真城様を覚えてなくても不思議じゃない。てか、そのケースなら物覚えのいい俺も覚えてない可能性はある。だから変に気にしすぎなくていいんだよ」

「でも、真城様は覚えてるわけだし、申し訳なくて」

そもそも、忘れっぽいといっても、それは時と場合によるところもある。

なにより、長年接客業に携わってきた菜子は、人の顔を覚えるのは得意な方だ。

会話ならいざ知らず、真城のように整った外見の男性をここまで綺麗に忘れるなど、自分の記憶力はどうなっているのか。

「真城様がイケメンすぎて記憶が飛んだのかな……」

「だとしたら、会う度に記憶が飛んでるな」

「三年前の初対面で耐性ができたのかも」

「忘れてんのに？」

悠生の的確なツッコミに思わず笑ってしまう。

すると悠生も目もとを緩めて、コーヒーをひと口飲んだ。

「ま、そんなに気になるなら、折を見て話聞いて謝れば？」

シンプルな答えは、菜子が最低限したいと思っていたもの。

「うん、そうする」

今朝は、すでに出勤したのか真城と会えなかった。

次に会った時には必ず謝罪させてもらおうと心に決め、ふたりはコーヒーを飲み終えるとスタッフルームをあとにする。

「そうだ。引っ越し先だけどさ、もし決まらなかったらうちに居候するか？」

未来を明るく照らす提案に、菜子は廊下を歩きながら零れんばかりに目を見開いた。

「えっ、いいの？」

「おう。広くはないけど二部屋あるし、菜子さえよければ」

「すっっっっごく嬉しいけど、私、悠生に甘えすぎじゃない？」

仕事を紹介してもらったばかりか、住居まで提供してもらえるなんて。かなりありがたく助かるが、居候までさせてもらうのはさすがに世話になりすぎではないか。

いくら相手が気を許せる幼馴染とはいえ、甘えすぎはよくないと悩んでいると、悠生は気にした様子もなく「全然」と答えた。

「もちろん水道光熱費は折半するつもりだし、甘えすぎじゃないだろ」

「家賃もね」

「それは元々俺が出してる分だからいらないって」

「ほら、そこ甘えさせてもらっちゃう」

部屋だけでなく、キッチンやバスルームも使わせてもらうのだ。

居候させてもらうなら、そのあたりはきっちりしないと。

「まあ、気になるなら出してもらってもいいけど」

菜子に任せると言った悠生は、エントランスに出ると、紺色の折り畳み傘を手に雨の降る夜空を見上げた。

「てか、甘えすぎとか気にしてる場合じゃないしすんな。それに、菜子が路頭に迷ったら、天国の菜子のお母さんとおじいさんが悲しむだろ。そして俺は叱られて呪われるかもしれない」

「ふふっ、ふたりとも悠生には感謝しまくりだから、私になにがあっても悠生は呪われないと思うけど」

母は、悠生を息子にしたいと言っていたほど気に入っていたし、祖父もよく『悠生君には感謝しなさい』と言っていた。

だから叱るも呪うもない。

されるならむしろ自分だろう。

しっかりしろと、天国のふたりからはたかれそうだ。

「心配してくれてありがとう悠生。でも、やっぱり申し訳ないから頑張って探すよ」

「頑張っても見つからなかったら？」

「う……その時は、ほんの少しだけお世話にならせてもらうかも」

「別に、ずっといてもいいけど」

悠生がちらりと菜子を見て視線がぶつかった。

「いやいや、さすがにずっとはよくないよ。悠生に彼女ができた時に邪魔になるじゃない」

人の恋路を邪魔するやつは、馬に蹴られてなんとやら。

天に召されるのはもちろん、蹴られるのも遠慮したいので、世話になったとしても早めに出ていくつもりだ。

これは、甘えさせてくれる家主への当然の気遣い。

だというのに悠生は。

「……はぁ〜〜〜〜〜〜〜〜」

超低音の溜め息を吐いて傘を広げた。

「なにその疲れ切った溜め息」

「何年経っても相変わらずなお前に絶望した溜め息だよ」

「え、私が原因？」

「とりあえず、お前が次の家と仕事が決まらないよう祈る……いや、呪っとくわ」

「ひどい！」

文句を言いつつエントランスの軒下から出た悠生を追って、菜子が傘を差そうとした瞬間。

「待ってくれ！」

ロビーから小走りでやってきた真城に引き止められた。

「……真城様？」

振り返って瞬きを繰り返す菜子に真城が頭を下げる。

「昨日はすまなかった」

「えっ、い、いえ、謝るのは私の方です！　私、真城様のことを忘れてしまってるんですよね。本当にごめんなさい」

菜子も深々と頭を下げると、昨日とは違う穏やかな声が頭上から降ってくる。

「そのことで聞きたいことがあるんだが、今から少し話せるか？」

予想もしない申し出に、菜子は双眸を丸くして顔を上げた。

すると悠生が、踵を返して菜子の斜め後ろに立つ。

「真城様、コンシェルジュは居住者様とのプライベートな付き合いはあまり――」

「今は勤務時間外ですよね？」

「そ、そうですが」

「なら、彼女はコンシェルジュじゃない」

だから部外者は口を出すな。

そう言わんばかりの固い声に悠生は押し黙った。

「ごめんね悠生、先に帰ってて。私も真城様と話したいの」

勤務時間にかかわらず、今後仕事をするうえでも、真城との関係は良好なものにしたい。二週間しかいない職場だとしても、しこりを取り除くことは互いのためになるはずだ。

「……わかった」

渋々といった感じで答えた悠生が、その去り際に真城を軽く睨んだ気がするのは見間違いか。

悠生を見送る菜子は、幼馴染の様子に引っかかりを覚えながらも、雨の匂いが漂うエントランスに背を向け真城に並ぶ。

「真城様はお仕事帰りですか？」

黒いビジネスバッグを手にしているので問うと、彼はひとつ頷いた。

「帰宅して駐車場から上がってきたら、ロビーを歩く君を見かけて声をかけたんだ」

「そうだったんですね。あ、どこで話しましょうか」

ロビーのソファか、オーナーズルームか。

「俺の家でゆっくり……では、さすがにまずいか。では、会議室が空いていればそこで」

「確認してみますね」

人に聞かれたくないか、込み入った話なのだろう。

悟った菜子は、コンシェルジュホールに立つ白石に頼んで会議室を借りた。

そして、「先に行っててくれ」と真城に言われ、白い長机を六つの椅子が囲む会議室で待つこと五分。

ノックが聞こえて扉を開けると、真城がラテを抱えて入ってきた。

「ラテ君、こんばんは」

下ろされたラテは、しっぽを振って嬉しそうに菜子に寄ってくる。

「ふふっ、ラテ君は人懐こいですね」

「いや、ラテはそんなに人懐こい方じゃない」

「そうなんですか？　でもこんなに、わっ」

ハッハッと息をし、しゃがんだ菜子の顔を舐めようとするラテの頭をよしよしと撫でてやる。

「懐いてくれてますけど」

「それは、ラテが君を覚えているからだ」

ようやく答えが明かされて、菜子は表情を明るくした。

「やっぱりラテ君はあの時の子犬なんですね」

真城がこくりと頷く。

菜子は笑みを浮かべ、ラテの顔周りをわしゃわしゃと撫でた。

「また会えて嬉しいわラテ！　元気だった？」

当時のように呼ぶと、ラテが「ワン！」と鳴く。

「うんうん、お返事が本当に上手。真城様のしつけがいいんですね」

「……君と約束したからな。大切に育てると」

真城とそんな約束をした覚えがない菜子は、申し訳なさにしゅんと肩を落とした。

「ごめんなさい。私、どうしても真城様のこと思い出せなくて。里親になってくれた人にラテを預けた記憶はあるんですけど……」

相手を思い出そうとしても浮かばないのだ。

まるで、そこだけ切り取られたかのように。

「仕方ない。おそらく君は、事故の後遺症で俺を忘れたんだろうから」

真城の言葉が瞬時には理解できず、菜子の思考も動きもフリーズする。

「事故の、後遺症？」

ゆっくりと確かめるように口にすると、真城は紺色のビジネスチェアを引いて、菜子と向かい合うように腰掛けた。

「昨夜の君は、記憶を失っている患者と同様の混乱が見られた。それでおかしいと思って、念のためうちのカルテを調べさせてもらったら、君が事故で頭を強打していたとわかった」

真城の話を聞いた菜子は、ラテの頭をひと撫でして自分も椅子に座る。

「そのせいで真城様を忘れてしまった……ということですか？」

「覚えていないのならそうだろうな」

ドラマなどで時々登場する『記憶喪失』という現象が、自分に起こっている。

俄かには信じられない話に、菜子は困惑して眉を顰めた。

「そして、君が病院に運ばれたのは、俺が海外へ発った日だ。連絡がつかなくなったのは、事故でスマホが故障しデータが飛んだから、じゃないか？」

「そ、そうです。バックアップもとってなくて、でも、運ばれたのが祖父が入院している病院だったから看護師さんが私に気付いてくれて……」

その際、認知症状が出ていた菜子の祖父が、運よく悠生を覚えていて連絡したので、悠生もすぐに駆けつけてくれたのだ。

「脳震盪後症候群により俺の記憶を喪失した君が、俺に連絡するはずもない。こうして偶然にも再会できなかったら、俺を忘れたことを一生知らないままだったかもしれないな」

脳震盪後症候群。

その病名には覚えがある。

菜子には事故数時間前の記憶がない。

朝、出かける支度をしていたのは思い出せるが、それ以降、事故に遭って病院で目覚めるまでの記憶がぷつりと消えている。

今まで特に問題なく過ごしてきたので気に留めていなかったが、まさか真城に関する記憶を失っていたとは。

「でも、思い出す場合もあるんですよね？」

以前、主治医が言っていた。

今は思い出せなくても、数日後、数週間後、または数年後に思い出すケースも多々あると。

「もちろんある。だが、回復しない場合もある」

それも主治医から聞いている。

だが、数時間程度のものなら生活に支障はないので、気にしなくてもいいと言われ、自分も納得して過ごした。

他はすべて覚えているから、なにも問題はないと。

真城という人の記憶を失ったことに気付かずに。

「こんな綺麗に忘れるなんて、自分でも信じられないです」

彼が嘘をついているとは思っていないが、まったく覚えていないせいで失った実感がない。

力なく微笑むと、真城はジャケットの内ポケットからスマホを取り出した。

「一応証拠はあるが、見るか？」

「証拠？」

「俺たちが一緒にいる写真」

「ぜひ！　見せてください」

思い出すきっかけになるかもと、真城が表示させた写真を見せてもらう。

そこに映っているのは、カメラ目線で笑みを浮かべる自分と、その隣でラテを抱き上げて微笑む真城だ。

「これ……私と真城様とラテ、ですよね」

「そうだ。これは俺がラテの里親になった日で……こっちがひと月後くらいに、君も一緒に散歩に出た時のものだ」

画像データの日付も見せてもらいつつ説明された菜子は、「えっ」と驚きの声を上げる。

「私たち、譲渡後も交流があったんですか？」

「というより、ラテを保護する前から、俺たちは交流があった」

新事実に菜子は口をあんぐりと開ける。

「私たち、お友達だったんですか？」

「知りたいか？」

「もちろんです！　教えてください」

昨日の真城は、すっかり忘れている菜子の反応に、怒っているとも悲しんでいるとも見える複雑な顔をしていた。

記憶喪失の話を聞いた今なら、あれは痛みを感じた人の顔だとわかる。

だから菜子は失った過去を知り、共有し、真城に与えてしまった痛みを和らげたい。

「気分が悪くなったりはしてないな？」

「ちょっと混乱してますけど、大丈夫ですよ」

「わかった。なら話そう」

少しでも変化があれば教えてくれと気遣った真城は、ひと呼吸おいて話を切り出す。

「俺たちが最初に出会ったのは、君が働く……」

そこまで口にして、真城は一度口を閉ざした。

「いや、君のおじいさん、桜井正一《しょういち》さんが入院している時に知り合った」

なにかと勘違いしたのか言い直し、話を続ける。

当時、研修医として働いていた真城は、担当はしていないが、祖父の見舞いに毎日来院する菜子を見かけていた。

そんな菜子と最初に言葉を交わしたのは、菜子の祖父が入院して数日後、クリスマスツリーが病院のロビーに飾られ始めた十二月初旬だ。

寒さ深まる雨の晩、病棟へ向かう途中、廊下を歩いていた真城は、病院のエントランスに小走りでやってきた菜子を見つけた。

いつも仕事が終わってから見舞いにくると看護師から聞いていたので、その日もそうなのだろうとなんとなく見ていたそうだ。

「そうしたら、君が転んだ」

「え、恥ずかしい」

菜子は思わず両手で頬を覆い隠す。

「で、声をかけて膝や手の様子を診たらけっこう擦りむいてて、処置室で手当てしたんだ」

言われてみれば、確かにエントランスで怪我をした記憶はある。

だが、真城に声をかけてもらったのは思い出せない。

「君は大きな紙袋を持っていて、自分が怪我したことより、おじいさんの替えの服が汚れなくてよかったと安堵してた」

けれど、その時の菜子の顔色はあまりよくなかったらしい。

「風邪も引いてなさそうだったから、おそらく疲労が溜まっていたんだろう」

朝から夕方まで仕事し、終わったらその足で病院へ。

そんな毎日を続けていた記憶はあり、今思えば確かにあの頃は疲れていた気がする。

「処置後、よろよろと立ち上がった君を見て俺は言った。〝頑張りすぎて君まで倒れては大変だ。桜井さんのことは我々がちゃんと見ているから、明日はゆっくり過ごしてくれ〟と」

「当時の私がご心配おかけしてすみません……」

「あの頃も、君はそうやって頭を下げていた。でも、医者の俺が欲しかったのは謝罪じゃなく、元気な君の姿だ。だから、絶対に見舞いにはこないで身体を休めるように言った」

「私、どうしました？」

「面会リストに名前はなかったな」

どうやら助言に素直に従い、見舞いには行かなかったらしい。

「それ以降、俺たちは顔を合わせると話すようになり、ある日、外出先でばったり会ったのをきっかけに連絡先を交換して、ＬＩＮＥでやり取りをするようになった」

「それで友達になったんですね」

ラテを保護したのは年末だ。

その前から交流があったというのも辻褄が合う。

「友人、か。君はどうだったか知らないが、俺はその先を目指していた」

「その先？」

言葉の意味を飲み込めず首を捻る。

「……俺は、君が好きだった」

紡がれた告白に、菜子の心臓がとくんと大きく跳ねる。

「そして、君が事故に遭った日、俺たちは空港にいた」

「一緒にどこかに行く予定だったんですか？」

「いや、俺だけだ。君は、アメリカに臨床留学に向かう俺の見送りに来てくれたんだ。その時、俺は君に告白した。一年の留学を終えて帰国したら、恋人になってほしいと」

まるで今告白しているかのような真剣な眼差しで見つめられ、菜子の胸は否応なしに高鳴っていく。

「私は、なんて答えたんですか？」

真城は答えない。

菜子を切なく見つめたまま逡巡し、やがて瞼を伏せた。

「それはまた、いつか折を見て話す」

そう言って、膝の上に乗ったラテの頭を優しい手つきで撫でた。

「渡米後、新居に着いて一段落した時、君にメッセージを送った。だが、いつまでたっても既読はつかず、連絡がつかなくなった」

「事故に遭ったから、ですね」

真城がひとつ頷いて、再び菜子と視線を合わせる。

「だが、当時の俺はそれを知らなかった。当然、なにかアクシデントがあった可能性も考えて連絡を待った」

けれど、記憶もスマホのデータも失っている菜子が、真城に連絡できるはずもなく。

「一度帰国しようかと悩んでいた時、同僚のひとことで、俺はある可能性に怯えるようになってしまった」

同じく研修に来ていたその同僚は言った。

――それが、菜子の本当の『答え』なのだと。

恋が終わり、縁は切れたのだと。

「君がそんな身勝手な人ではないと思いつつ、帰国後君を探せなかったのは、結局怖かったからだ。答えを知る勇気がなかった」

真城は、菜子を信じていながらも、無言の別れをつきつけられた可能性を捨てきれなかったのだと語った。

「だから昨日、君を見た瞬間、再会を喜ぶことも、なにがあったかを問うこともできなかった。そして、君の反応に落胆もした。俺とのことをなかったことにしたいのかと勘繰って勝手に傷ついた。君が大変な目に遭い記憶を失ったなど、露ほども思わずにな」

脳外科医であるにもかかわらず、すぐその可能性に至れなかったなんてと苦笑する。

「でも、そんなに動揺するほど、結局俺は今も君を……」

真城が、なにかを言いかけて口を噤む。

菜子は彼が言おうとしていることがなんとなくわかって、ほんのりと顔を赤らめた。

「本当にごめんなさい。せっかく再会できたのになにも思い出せないなんて……」

「悪かったのは君じゃない。タイミングだ。記憶も、自分でどうこうできるものじゃない」

「でも、思い出したいです」

なぜだろう。

こうして真城と向き合っていると、そわそわと落ち着かず、もどかしい気持ちになるのだ。

過去の話を聞いて、当時の記憶を取り戻したいという焦りが生まれているのかもしれない。

(それに、自分がどんな気持ちを真城様に向けていたのか確かめたい)

彼が語らなかった、真城の告白に対する答えを。

焦燥感に駆られる菜子とは反対に、真城は落ち着いて柔らかな微笑を浮かべた。

初めて見る優しい面差しに、菜子の胸がキュンと締め付けられる。

「無理に思い出す必要はない。幸いこうして再会できたんだ。また一から始められる」

「一から、ですか?」

「そう、一からだ。始めてくれるか?」

ふたり、新しいスタートをここから。

「はい、よろしくお願いします」

再び築くふたりの関係がどのようなものになるかはわからない。

けれど、いつかなにかをきっかけに、失った記憶を思い出すことができたらいい。

そう願って大きく頷くと、真城は嬉しそうに眦《まなじり》を下げた。

「ありがとう。これからまたよろしく」

「こちらこそです」

笑みを返すと、真城は会議室の窓を叩きつける雨に目をやり、ラテを抱いて立ち上がった。

「雨脚が強まってきたな。引き止めて悪い。車で君の家まで送ろう」

「そんな、真城様も仕事から帰ってきて疲れてるのに申し訳ないです」

「それは君もだろ。なんなら、ずっと立ちっぱなしで仕事してる君の方が体力を使ってるはずだ。ほら、いくぞ」

真城は譲るつもりはないようで、さっさと会議室から出ていってしまう。

そんな彼の背を慌てて追いかけた菜子は、白石に会議室の鍵を返却し、ラテを抱く真城と共に地下駐車場へ降りた。

「あの、真城様、私本当にひとりで」

帰れますと言おうとしたのだが。

「その呼び方」

愛車の扉を開けた真城が、後部座席にラテを乗せて振り返る。

「堅苦しいから、仕事中だけにしてもらっていいか？」

確かに、一から関係を築くのであれば、業務外での「様」つけは固い印象だ。

「それなら、真城さん？」

「様よりいいが違和感がある」

「以前の私はなんて呼んでいたんですか？」

助手席の扉を開けて菜子をエスコートする真城に問う。

「透哉さん、だ」

「透哉、さん」

口にしてみると、なんだか懐かしくも馴染みがある感じがして、もう一度「透哉さん」と名を紡いでみる。

すると。

「なんだ、菜子」

甘さを含んだ柔らかな声で名を呼ばれ、菜子の心臓はこれでもかというくらいに跳ね上がった。

「と、透哉さんは、私を菜子って呼んでいたんですか？」

「そうだ。桜井さんだとおじいちゃんと一緒だからややこしいって言われて、最初は菜子さん。ラテを預かったくらいから、菜子になったな」

「そうなんですね」

その記憶もまったくないが、嫌な気はいっさいしない。

むしろ違和感なくすんなり受け入れている自分がいて驚きだ。

菜子が助手席に座ると、真城――透哉も運転席に乗り込む。

慣れた手つきでエンジンを起動させた彼は、ダッシュボードのカーナビを操作した。

「菜子の家の住所を教えてもらえるか？」

「あ、はい。住所は――」

結局送ってもらうことになってしまった菜子は、申し訳ないと思いつつも、昨日のギスギスした空気がすっかりとなくなったことを嬉しく感じていた。

「……なんで、新人コンシェルジュが真城先生の車に乗ってるのよ」

帰宅した栗原が、走り去る車を睨みつけているのに気付かずに。

「おはよう！　悠生」

一夜明け、快晴の空に負けない晴れ晴れとした笑顔でスタッフルームに入った菜子を迎えたのは、テンションの低い悠生だ。

「はよ」

テーブルに頬杖をつく彼は、いじっているスマホに視線を向けたままで菜子を見ようともしない。

「どうしたの？　なにかあった？」

いつもは爽やかな笑みを見せてくれるのに、今朝の悠生は珍しくご機嫌斜めだ。

「別に？　ていうか、昨日は結局どうなったんだよ」

相変わらず視線はスマホに注いだまま、どこかぶっきらぼうに問われる。

やはり不機嫌そうに見えるが、この様子だと理由を打ち明けてくれなさそうなので、ひとまず突っ込むのはやめておいた。

「真城様のこと？」

確認すると悠生は「そう」とだけ答える。

「ちゃんと謝れたよ。でね、ビックリなんだけど、私は忘れてたんじゃなくて、記憶喪失だったの」

「……は？　どういうこと？」

悠生も驚いたのだろう。

今の今までふてくされたような態度だったのが一変、目を丸くして菜子を見つめる。

「事故前の記憶がなくなったのは、当時、悠生にも話したよね」

「ああ、数時間分のだろ」

「実はそれだけじゃなく、真城様の記憶も失くしてるみたい」

脳震盪後症候群による、部分的な記憶喪失。

そう説明すると悠生は「マジか」と瞬きを繰り返した。

「私と真城様は、ラテを保護する前から面識があって、事故に遭った日も渡米する真城様を見送るために一緒に空港にいたんだって。でも、その記憶も失くして、連絡先のデータも消えて、共通の友人もいなかったから連絡が途絶えてしまった……って流れで」

「……それが本当だって証拠は？」

騙されているのではと懸念しているのだろう。

菜子は眉根を寄せる悠生の隣に座って頭を下げた。

「心配してくれてありがとう。でも大丈夫。いくつか見せてもらった写真の日付も確認したし、なにより、初日の真城様の言動を見れば、嘘じゃないのはわかるもの」

会話から滲み出ていた戸惑いと、素っ気ない態度、落胆と苛立ちを混ぜたなんともいえない表情。

あれが全部騙すための演技だとしたら、透哉は今すぐ役者に転身した方がいい。

「だからお前の大丈夫は信用できないんだって」

「原因が判明して、ちゃんと平和解決したから本当に大丈夫だってば」

「はぁ……わかった。けど、少しは警戒しとけよ？」

警戒など必要ないと思うが、悠生にあまり心配をかけたくはない。

菜子は首を縦に振ると、制服に着替えるべく更衣室の扉を押し開けた。


コンシェルジュ勤務三日目。

本日も悠生と共にフロントに並ぶ菜子は、夜勤担当からの連絡事項をチェックする。

「二〇三号室の田中《たなか》様、十時のタクシー手配はこのあと私がやっておきます」

「了解。あとは……あー、この安西《あんざい》様のベビーシッター紹介は難航しそうだな」

「予約取れないの？」

「希望の時間が午前中だろ？　午前は人気の時間帯だから、当日は空いてるシッターがあんまりいないんだ」

　乳幼児の母たちが働く時、最初に頼るのは保育園だ。

　しかし、昨今は保育園に空きがなく、待機児童となるケースが多々ある。

　そんな中、ベビーシッターは働く母、女性たちにとって救世主であり、その需要も増えているのだが、時間帯によってはなかなか予約ができないらしい。

「ひとまず片っ端から当たってみるか」

「手が空いたら私も手伝うよ」

　そうしてそれぞれ業務に当たり始めていると、スーツをパリッと着こなす透哉がエレベーターから降りてきた。

　目が合った菜子は、フロントカウンターから出て透哉にお辞儀する。

「おはようございます、真城様」

「おはよう。昨夜、車から降りる時、大分雨が強かったが濡れなかったか？」

「寮のエントランスまですぐなので全然でした」

　履いていたショートブーツもレインシューズだったので被害はゼロだ。

「ならよかった。じゃあ、いってきます」

　きちんと話をする前とは全然違う透哉の柔らかな態度が嬉しくて、菜子は頬を緩めて一礼する。

「はい、いってらっしゃいませ」

颯爽と駐車場に向かう背中を見送っていると、後ろから「へー」となにやら納得する悠生の声が聞こえた。

「なに？」

「お前、真城様の車で送ってもらったんだ」

「うん、雨が降ってるからって気遣ってくれたの」

「勤務時間外になにしようとお前の自由だけどさ、住居者に見られて変な噂とか立ったらどうすんだよ」

確かに、プライベートの時間とはいえ、職場での行動には注意を払うべきだった。歩いて帰るからと断るのが正解だったのだろう。

「ごめんなさい。気を付けます」

反省し、悠生に頭を下げようとしたその時。

「加納さーん、おはようございます」

栗原がエレベーターホールからやってきて、悠生ににっこりと微笑みかけた。

「おはようございます、栗原様」

仕事モードの笑みを浮かべた悠生に続き、菜子も「おはようございます！」と挨拶したのだが。

「そうだ加納さん。午後からハウスキーパーが来るから対応お願いしますね」

「え、ええ、かしこまりました。いってらっしゃいませ」

「いってきまぁ〜す」

笑顔の栗原がひらひらと手を振る相手は悠生だ。

そう、悠生だけ。

栗原は菜子を完全スルーして去っていった。

小首を傾げる菜子の肩に、悠生の手がポンと置かれる。

「あ、あれ？」

「お前、さっそく見られた可能性大だな」

「え……」

透哉に好意を持っている栗原に、一緒にいるところを見られた。

つまり菜子は、彼女の嫌いな人リストに入ってしまい、透明人間扱いされたのだ。

これはまずい。非常にまずい。

ようやく透哉との関係が軟化したというのに。

「い、いつ、どこでっ？」

「さあ？　本人に直接聞いてみたらわかるんじゃないか？」

呆れられているのか、悠生に素っ気なく言われてしまった菜子の顔から血の気が失せる。

（話しかけても今の様子じゃ絶対無視されそう……！）

いったいどこで見られていたのか。

ロビーを一緒に歩いていた時か、会議室に出入りした時か。

それとも、さきほど悠生に注意された、透哉の車に乗った時か。

（ああ、もう。本当、しっかりしないと）

一難去ってまた一難。

いや、壁に耳あり障子に目ありか。

とにもかくにも、菜子はさっそく深く反省しながら本日も仕事に勤しんだ。

十九時以降の総菜売り場は、値下げシールが貼られて価格がぐんと下がる。

無駄遣いをしていられない今の菜子にとって非常に助かるため、仕事帰りは必ずスーパーマーケットに寄るようにしていた。

昨日の雨の名残か、肌に湿気が纏わりつくのを感じながら、今夜も安い総菜を求めて夜道を歩く。

（というか、栗原様のことどうしよう）

謝るのは違うだろうし、透哉とふたりでいたがなんでもないと伝えるのも言い訳のようで逆に怪しまれそうだ。

ならばいっそ、実は知り合いだったと話してしまう方がいいかもしれない。

栗原は、菜子が透哉から素っ気なくされたのを見ている。

それは自分が透哉を忘れていたからだ、と説明すれば誤解が解けるのでは。

（そもそも誤解とかじゃなくて、近づく女は敵！みたいな感じだと詰みかもだけど）

せめて、コンシェルジュの仕事が終わるまでには、透哉とはなにもないということを知ってもらいたいが……。

（だけど、なにもないとも言い切れないのよね）

今はなにもない。が、過去、自分は透哉から好意を寄せられていた。

『……俺は、君が好きだった』

恋人になってほしいと言われた過去の自分。

（私は、なんて返事をしたんだろう）

透哉をどう想っていたのだろう。

知りたい、思い出したい。

そう願った直後——。

「菜子」

ちょうど考えていた人の声に呼ばれ、菜子の心臓が大きく跳ねた。

「は、はい！」

振り返った先にいたのはやはり透哉で、彼の手にはリード、そしてその先には、しっぽをご機嫌そうにぶんぶんと振るラテがいる。

菜子を見上げる瞳のキュートさに、思わず笑みが零れた。

「こんばんは、ラテ！　お散歩？」

腰を曲げた菜子に、ラテは「ワン！」と元気に吠えた。

「挨拶、ラテが先なんだな」

ふ、と吐息で透哉が笑う。

「あっ、ご、ごめんなさい。つい」

咄嗟にラテに話しかけてしまったが、声をかけてくれた透哉に対して失礼だったと気付き背筋を正す。

しかし、目の前の彼は特に怒った様子もなく表情を緩めた。

「いや、いい。むしろ変わってなくて安心した。以前の君も、俺よりラテ優先だったからな」

「ええっ、前の私ってばすみません……！」

記憶にはない自分の非を詫びると、透哉は緩く首を横に振って微笑んだ。

「気にしてない。むしろラテに話しかける時の君はかわ――」

途中で言葉を飲み込んだ透哉は、んん、と軽く咳払いする。

「なんでもない。で、菜子は今帰りなのか？」

「はい。スーパーでお夕飯買って帰る予定です」

「それならラテの散歩コースだ。スーパーまで付き合おう」

付き合おう。その響きに、菜子は過剰に反応してしまう。

一緒に行くという意味だと理解しているが、告白したという過去の話を聞いたせいで、恋愛的な意味に変換されてしまうのだ。

「菜子？」

「あ、はい！　ご一緒させてください！」

すでに歩き出して振り返る透哉を追いかけ隣に並ぶ。

「勤務時間外なのに喋り方が硬いな」

「そ、そうですか？」

「まあ、少しずつ慣れてもらえればいいか。再会できただけでも奇跡だしな」

贅沢は言わない。

そう言って微笑む透哉は、道路脇の雑草の匂いを嗅ぐラテに合わせて足を止めた。

「あの、透哉さん。透哉さんが知ってる前の私ってどんなでした？」

先ほど話題に上がったように、失った時間の自分が気になり問うてみる。

「どんなって……多分、今とそう変わらないんじゃないか？　自分よりも誰かを優先しがちで、喜んでもらえるのが嬉しいからって、弁当作ってきてくれたりとか」

「お弁当って、私が透哉さんに、ですか？」

「ああ、自分のを作るついでだからって、時々」

確かに、祖父が入院していた頃はお弁当を持って仕事に行っていた。

（あ……そういえば、お弁当ふたつ用意してた気がする）

今まで気にも留めなかった……というより、思い出すこともなかった些細な日常の行動。

もしかしたら、当時の行動を思い返してみたら、透哉に繋がる記憶が呼び起こされたりしないだろうか。

「私、透哉さんの好きなおかずとかちゃんと入れてました？」

「入れてくれてた。最初は前日に連絡が来て、〝明日お弁当差し入れてもいいですか。好きなおかずがあれば教えてください〟って聞かれて、あれこれ答えたな」

では、その好きなおかずはなんだったか。

思い出したくとも、記憶の引き出しは見つからない。

作ったという記憶はあるにもかかわらず詳細が思い出せないのは、単に忘れているからなのか、透哉との会話も事故によって記憶から抜けてしまったのか。

透哉の瞳が懐かしそうに、けれどどこか切なそうに細まる。

「俺は、菜子が作る弁当の味が好きだった」

――ドクンと、好きという言葉に心臓が高鳴る。

「今でも、好きでいてくれてますか？」

湧き出る気持ちのまま紡いだその質問は、いったいなにに対してなのか。

自分でもわからないのだ。

当然透哉も同じなのだろう。

「……それは、弁当の話か？　それとも――」

見つめ合い、透哉の問いに耳を傾けていた時だ。

ふいに着信音が聞こえて、雰囲気に呑まれかけていた菜子はハッと我に返った。

「悪い、俺だ」

そう言って透哉はおもむろにズボンのポケットからスマホを取り出し、相手を確認する。

「病院か……。すまない、また今度ゆっくり話せるか？」

少し残念そうに眉を下げた透哉に、菜子は微笑んで頷いた。

「ぜひ。お仕事頑張ってくださいね」

「ああ、ありがとう」

穏やかに目を細め、踵を返して家路を急ぐ透哉の背中を見送っていると、ずいっと視界を遮るように割り込んだその人は。

「く、栗原様」

「こんばんは、桜井さん」

挨拶を返した栗原に笑みはまったくない。

だが、話してもらえたのが嬉しい菜子は表情を明るくする。

「こんばんは！　お仕事帰りですか？」

「ええ、いつもは車なんだけど、昨日帰りに、い・や・な・も・の・を見ちゃったから、車に乗る気分じゃなくなって、今日は久しぶりに電車通勤にしたの」

ところどころ強調するその口調に、声はかけられてもまったく許されていないのだとわかり、菜子の笑みが固くなっていく。

「ていうか、今のなによ」

「な、なにとはなんでしょうか」

「真城先生のあなたに対する態度が変わってるじゃない。昨日、あなたが先生の車に乗ったのと関係あるの？」

やはり見られていた。

だからライバル認定されて、栗原が冷たくなったのだ。

しかしこれはチャンスだろう。

問い詰められてはいるものの、同時に菜子は、説明する機会を与えてもらったのだから。

「聞いてください栗原様。実は私、真城様と元々知り合いだったんです」

「は？　あなた、初めて会ったたって言ってたじゃない」

言った。間違いなく言った。

コンシェルジュ勤務初日の朝、透哉と対面した時に栗原に聞かれた菜子は確かにそう答えた。

だが、あの時はまだ知らなかったのだ。

「それが、真城様の話によると、私は記憶喪失らしくて」

告げると栗原は、悠生よりもたっぷりと時間をかけて言葉の意味を嚙み砕き、それでもまだ理解できないようで「え？」と眉を顰めた。

「からかってるの？」

「そんなことしません！　むしろ記憶がないので私もまだちょっと信じられないんですけど、真城様から証拠も見せてもらったので本当みたいです」

「真城先生が冗談を言うとは思えないけど……本当に？」

記憶喪失というのは珍しい症状だ。

菜子も今まで出会ったことはないので、栗原が疑うのもわかる。

「本当です。ラテも私が保護した犬なんですけど、ラテは覚えてるのに、預けた相手の記憶がなくて」

「ラテ君も……？」

呟いた栗原が、ハッとして目を丸くした。

「あなたもしかして、真城先生が研修医だった頃に入院してた患者のお孫さん？」

「そうです！　祖父が入院してて、それで真城様と知り合ったと聞きました」

記憶がない菜子は、真城から聞いたまま伝えた。

するど、今の今までピリピリとしていた栗原の雰囲気が和らぐ。

「なら、あたしと同じね」

「同じって……？」

「実はあたしも、去年父が悪性脳腫瘍で入院した時に、主治医の真城先生と知り合ったの」

切除するには難しい場所に腫瘍があったため、別の病院では手術は極めて困難と言われたと栗原は語った。

「でも、真城先生は違った。難しいけれど必ず腫瘍を摘出しますって言ってくれたのよ。しかもね、看護師から聞いた話だと、通常よりも短い時間でオペが終了してるんですって。かっこよすぎない？」

「ええ、すごいですね」

それは栗原が惚れてしまうのも頷ける。

「で、入院中にどうにかお近づきになりたくて、色々と話しかけているうちに、ラテ君の話を聞いたのよ。実家で飼ってる犬の話をしたら、うちにもいますよって」

その際真城が、研修医時代に入院していた患者の孫が犬を保護し、それを引き取ったのだと話したらしい。

「だからまあ、辻褄は合うし嘘ではないんでしょうけど……でも！　あなたはマンションコンシェルジュでしょ。知り合いとはいえ、接し方は弁《わきま》えるべきだわ」

悠生と似たようなことを住人である栗原から言われ、菜子はマンションコンシェルジュとしての自覚のなさを反省する。

「誤解させてしまい、申し訳ありませんでした」

勤務時間外でもしっかりと考えて行動せねばと気を引き締める。

けれど。

『今でも、好きでいてくれてますか？』

自分はなぜ、あんな聞き方をしたのか。

複雑な気持ちを抱えた菜子は、言いたいことを言って満足し背を向けた栗原をぼんやりと見送った。

三章　求める心

「ふぇ……ふぇ……っくしゅん！」

盛大なくしゃみをして、膝の上にずっとスタンバイさせている箱からティッシュペーパーを引き出す。

それを鼻にあてがい、思い切りかむ。

朝から何回この行動を繰り返しているか。

答えは、数えるのも嫌になるほど、だ。

「あーっ！　もう鼻が限界！」

鼻声で叫び、真っ赤になった鼻に軟膏を塗る。

だが、こんなことを続けているよりも、病院で薬を処方してもらった方がいいだろう。その方が、風邪の治りも早く、鼻へのダメージも軽減されてハッピーだ。

幸い今日は平日で、コンシェルジュの仕事は休み。

せっかくの休日に病院へ行くのは少々気が進まないが、悪化して仕事を休めば迷惑もかかるし給料にも響く。

菜子は垂れてくる鼻を啜りながら、身なりを整えて家を出た。

向かうは、バスで行ける東央医科大学病院だ。

近所にも内科はあるのだが、あえて東医大病院にした理由は三つ。

ひとつは至極単純で、過去に通院していて診察券を持っているから。

もうひとつはちょっぴり不純。透哉に会えるかもしれないから。

そして残るひとつは、失った記憶の断片を拾えるかもしれないから、だ。

最寄りの停留所からバスに揺られること二十分。

約三年振りとなる病院に到着した菜子は、まるで美術館のような佇まいの病院を見やり、懐かしさに目を細めた。

東医大は歴史ある病院で、十年ほど前にリニューアルしている。

その際、緊張感をなるべく与えないようにと、温かみのある茶色のタイルを使いデザインにこだわって建てられたのだと、祖父の見舞い時に誰かから聞いた覚えがある。

(もしかして、透哉さんから聞いたのかな)

はっきりとしない過去の光景、情報。

それらに振り回されながら、菜子はエントランスを歩いた。

(ここで転んで、透哉さんに手当てしてもらったのね)

ふたりが言葉を交わすきっかけとなった場所を見渡すも、思い出せるのは、自分の退院時に悠生が迎えに来てくれた光景と、祖父が他界した日の喪失感だけだ。

そんなエントランスを通ってロビーに入り、受け付けを済ませた菜子は内科の待合室へと向かった。

診察の順番が来るまで一時間ほどかかる。

看護師にそう言われて、菜子は院内を散歩することにした。

目的はもちろん記憶のかけら探し……だったはずなのだが、いつしかその目が探すのは透哉の姿に変わっていた。

院内にはカフェや本屋、コンビニなど暇つぶしができる施設があるが、菜子はそちらには行かず、勤務中の透哉がいそうな脳神経内科と外科のフロアを歩いてみる。

もし院内で会えたら、その光景でなにか得られるかもという期待も胸に。

(……ううん、それだけじゃない気がする)

記憶がないのに、こうも透哉が気になるのはどうしてか。

彼から過去の想いを打ち明けられたせいもあるだろうが……と、渡り廊下から桜の木が並ぶ中庭を眺めた菜子は目を見開いた。

「透哉さんだ」

外来棟と病棟の間に広がる中庭のベンチに、パジャマ姿の男の子と話している透哉を見つけた。

白衣を羽織っている透哉は微笑し、男の子となにやら会話している。

芽吹き始めた桜の木が風にそよいだその刹那、菜子の脳裏に浮かんだのは。

「……おじいちゃんと……透哉、さん？」

この中庭で、車椅子に座る祖父の隣に膝をつき、祖父の話に耳を傾け頷く透哉の姿。

切り取られた写真のような一瞬が頭の中で再生され、菜子は立ち尽くしたまま瞬きを繰り返した。

看護師に呼ばれた子供が立ち上がり、透哉も腰を上げる。

「またね、先生！」

大きく手を振る子供に軽く手を振り返した透哉の視線が動いて、菜子の視線とぶつかった。

「菜子、どうしてここに？」

「風邪を、引いたので」

答えながらも、意識は透哉ではなく、過ったばかりの記憶と中庭の景色に釘付けのまま。

「菜子……？」

じっと中庭を見つめる菜子に、透哉は首を傾げて怪訝な顔をする。

「……透哉さん。祖父はここで、透哉さんに励ましてもらってましたよね」

告げた途端、透哉の双眸が大きく見開かれた。

「思い出したのか？」

「そこだけですけど」

もう少し思い出せないかと中庭を眺めるが、先ほどのように光景がオーバーラップすることはなさそうで、景色から透哉へと視線を移す。

「実は、期待して来たんです。透哉さんと出会った場所なら、透哉さんのこと思い出せるんじゃないかって。だから、ほんの少しでも思い出せて嬉しいです」

ラテがどこで拾われたか、菜子の好物はなにか。

菜子が話さなくても透哉は知っていた。

けれど、菜子は透哉のことを知らない。

共に過ごした過去は確かにあるのに、自分だけが忘れている。

それがなんだか歯がゆかった。

だから、過去の透哉について些細なことでも思い出し、共有できたのがたまらなく嬉しいのだ。

「無理はするなよ。この間も言ったが、また一から始めればいいんだ」

新しい思い出を作っていけばいい。

過去ではなく、未来を見る大切さは菜子も理解している。

けれど――。

「わかってます。でも、思い出したいんです、透哉さんとのこと」

失ったままでいいとは思えなかった。

(だって、透哉さんは傷ついてる)

誤解が解け、再会を喜び、一から始めるという前向きな思いに偽りはないだろう。

だが、菜子がそうであるように、透哉もまた、自分だけが覚えているという歯がゆさに寂しさを感じている。

うまく隠そうとしてくれているが、ふたりの過去を語る際、時折、その瞳が切なく翳ることに菜子は気付いていた。

「どんな風に過ごして、どんな話をしたのか。どんなことで笑って、どんな感情を抱いたのか。あなたから聞くだけじゃなく、思い出してあなたと共有したいんです」

そうすれば、互いの胸にある憂いは消えるはずだから。

そうすれば、自分が過去に置いてきてしまった彼の気持ちへの答えも、思い出せるはずだから。

中庭に、柔らかな風が吹いて、ふたりの髪を撫でて揺らした。

菜子を見つめる透哉の目尻がくすぐったそうに下がる。

「まるで愛の告白だな」

「えっ⁉　そ、そういうつもりじゃなくて、お互いのためにもいいかなって」

焦って説明すると、透哉はくつくつと笑い眉を下げる。

「冗談だ。だが、ありがとう。そう言ってもらえるのは嬉しいよ」

眩しそうに目を細めて微笑む透哉を見た菜子は、胸にすとんとなにかが落ちるのを感じた。

（ああ、そうか。私、透哉さんの笑顔が見たいのかも）

努力を褒めてくれた母が浮かべたように、上手だと頭を撫でてくれた祖父が見せてくれたように。

記憶を取り戻して、思い出を共有できた時に見せてくるだろう透哉の嬉しそうな顔が見たいのだ。

（やっぱり私って尽くし魔なのね）

誰かが喜んでくれるなら、自分にできることを精一杯やりたい。

もうすっかり染みついた考え方に、悠生が尽くし魔と名付けたのを思い出して自覚した菜子は密かに苦笑した。

その時、透哉の首から下がって胸ポケットに収まっている携帯電話が音を奏でた。

透哉は、「ちょっとごめん」と手のひらを見せる。

「はい、真城です。……了解、すぐに向かいます」

短い会話のあと、通話を切った透哉は、携帯電話を再びポケットに突っ込んだ。

彼の纏う空気が、ビリっと緊迫したものに変わる。

「悪い、急患だ」

「すみません、お仕事中に引き止めて」

「いや、会えてラッキーだった。風邪、お大事に。また今度ゆっくり話そう」

「はい、また」

……と答えてよかったのか。

（なんて、今さらよね）

悠生からの注意、そして栗原の忠告。

どちらもマンションコンシェルジュとしてきちんと反省し、常に心に留めている。

二週間の勤務期間は、コンシェルジュと住人として、距離感や他人の目に気を付けねばならないと。

だが、今日のように、記憶を刺激できそうなきっかけがあるなら、できるだけ動きたいのが本心だ。

白衣の裾を翻し、小走りで仕事に戻る透哉。

その姿を見送った菜子は、思い出の蘇った中庭を再び見やる。

そして、暖かな日差しを受けながら、緑の香りを胸いっぱいに吸い込んで。

「はっくしょん！」

盛大にくしゃみをし、早く治さねばと鼻を啜った。


『喉は問題なさそうなので、鼻風邪ですね』

そう診断を受けてからはや三日。

処方された薬が効き、風邪が治りかけてきたその日の勤務後。

菜子は、不動産屋から出るなり溜め息を吐いた。

（ネットにはまだ載ってない最新物件があるかもと思ったけど、甘くなかった）

そもそも、三月という時期が悪い。

どの不動産屋でも言われるが、探すならもっと前から動かねば、菜子が求めるような安くていい物件は決まってしまうのだ。

とはいえ、二月からあちこち探しているにもかかわらず見つからないのは、最早呪われているのではと疑うレベルだ。

(仕事の面接も落ちちゃったしたなぁ)

はぁ、とまた溜め息を零した菜子は、通りかかったカフェのウィンドウにバイト募集の紙が貼られているのに気付いて立ち止まった。

(早朝スタッフ、時給千二百円か……)

経験のあるフロント業務の正社員か契約社員で探しているが、条件に合うところがないとなると、やはりバイトでもいいから働くべきだろう。

だが、辞める前提で働くのも申し訳ない。

加えて、万が一バイトが決まった直後に、希望しているフロントの募集が出たらと思うと……。

(ううっ、選んでいる場合じゃないってわかってるけど悩ましい!)

バイト募集の紙を凝視し、結局また堂々巡りとなってしまう思考に唸りかけた時だ。

「随分真剣だな」

笑い交じりの声に菜子ははっと我に返る。

それとほぼ同時に声がした方を見ると、カジュアルなニットカーディガンを羽織った透哉が立っていた。

「透哉さん、ラテのお散歩で……はないんですね」

透哉の手にはリードがなく、もちろんラテもいない。

「ラテは寝てたから留守番だ。俺はコーヒーの豆が切れたことに気付いて、ないと思うと余計に飲みたくなって買いにきた」

「ふふっ、その気持ちわかります」

菜子も最近、ＳＮＳで見かけた料理本が欲しくなり近所の本屋に赴いた。

しかし運悪く在庫切れで、ならばと隣町まで行って何軒か回りゲットした。

取り寄せるかネットで買えばいい。

それはわかってはいたのだが、その時は、満たされたい気持ちが先行し、無性に手に入れたくなったのだ。

透哉もそれと似た心境で、早くコーヒーを手もとに置いて、いつでも欲求を満たせる安心を得たくなったのだろう。

「コーヒーはこのカフェのですか？」

「ああ、いつもここで買ってるんだ。ついでに一杯飲んで帰るつもりなんだがちょうどいい、付き合ってくれ」

「え、いえ私は」

「心配するな、俺の奢りだ」

心配なのはそこではなく誰かに見られる危険なのだが、ちょうど気分転換をしたかった菜子は、扉を引いた透哉のエスコートを受け入店した。

「いらっしゃいませ！」

女性店員の明るい声に迎えられレジ前に立つ。

メニューを見ると、店員に期間限定のハニーミルクラテを勧められた。

「美味しそう。ミルク好きなのでそれにします。透哉さんは？」

「俺はアメリカーノで」

店員がレジを操作する中、財布を出した菜子に透哉が「奢るって言っただろ」と止めて支払いを済ませる。

「すみません、本当に奢ってもらっちゃって」

「付き合わせた礼だ、気にしなくていい」

そんな会話のあと、受け取りカウンターでコーヒーを受け取り、菜子はふたり用のテーブル席に透哉と向かい合って座った。

コーヒーを手に長い足を組む透哉は、まるで映画のワンシーンのごとく様になっていて見惚れてしまう。

「よく飲むんですか？　アメリカーノ」

「ああ、病院のカフェでいつも頼んでる。君が見舞いに来ていた頃は、外来が終わって休憩に買いに出ると、そこでよく君と遭遇した。またアメリカーノですかってからかわれたな」

懐かしそうに微笑む透哉が思い出しているのは、菜子の覚えていない菜子の話。

透哉とどんな風に関わっていたのかを知れて嬉しいが、少し寂しくもある。

「また覚えておきますね。アメリカーノが好きなこと」

「ありがとう。ところで、菜子はここでバイトでもするのか？」

「え？」

「バイト募集のチラシ、見てたんだろ？」

透哉が顎でくいっと、全面ガラス張りのウィンドウを差した。

「あ……ここというか、仕事を決めないといけなくて」

「そういえばマンションの仕事は二週間と言ってたな」

突然の再会に動揺していただろうに、透哉は初日の挨拶を覚えていてくれたようだ。

「はい。なので、次の仕事と住まいを絶賛探し中です」

「探し中って……それはかなりまずくないか？　あれから二週間なら、もう残り三日だろ」

「そうなんです！　でも、なかなか見つからなくて。雇用形態とか希望業種にこだわってる場合じゃないなって考えながらバイト募集の張り紙を見てました」

小さな溜め息を落として、ミルクラテを口にする。

優しい味わいが菜子の心を癒やしてくれるようで、肩から自然と力が抜けた。

「だが、君はホテルのフロント業務が好きなんだろう？」

そのことも、以前の自分は透哉に話していたのだろう。

菜子は迷いなく「はい」と頷いた。

「お客様が見せてくれる笑顔が好きですし、大切な時間を過ごすお手伝いはやりがいがあるんです」

それに、せっかく身に付けた英会話のスキルも活かしたい。

「そうだな。俺ももう一度、フロントに立つ君を見たいな」

何気ない透哉の言葉に引っかかりを覚え、菜子は目を瞬かせる。

（もう一度？　マンションのコンシェルジュホール以外、ということ？）

尋ねようとするも、透哉が「しかし、仕事だけじゃなく住まいもか」と真剣に悩んでくれるのを見て、ひとまず置いておく。

「住まいについては大丈夫です。見つからない場合は、悠生……あ、コンシェルジュの加納が居候させてくれるって言ってくれてるので、最悪甘えさせてもらう予定なん――」

「却下だ」

真顔で食い気味に反対され、菜子は瞬きを繰り返す。

「えっと……？　なにが？」

「当然、加納さんの家に居候する件だ」

「あ……やっぱりよくないですよね。私も悩んだんです。悠生に彼女とかできたら邪魔になっちゃうし。それに、昔から悠生には頼りっぱなしなので、さすがに甘えすぎかなって」

とはいえ、いよいよ切羽詰まった状況となり、四の五の言ってはいられない。

世話になったとしてもなるべく早く出ていけるように――。

「俺の家に住めばいい」

一瞬、その言葉の意味が呑み込めず、菜子は再び目を瞬かせ、透哉を見つめながら小首を傾げた。

「あの……透哉さんの家って、今住んでるアーバン・ザ・レジデンスの、で合ってます？」

「俺の家はそこしかない」

おかしなことをと言わんばかりに、透哉の眉間に皺が寄る。

「いえいえいえ、それはダメかと！」

「なぜだ。幼馴染の家がＯＫなら俺の家でもいいだろう」

「よくないですよ！　コンシェルジュが住人の家に居候なんて！」

思わず大きな声を出してしまい、他の客の視線を感じた菜子は手で口を覆い、すみませんと頭を下げた。

「それは、コンシェルジュの雇用契約書に書いてあるのか？　居住者の家に居候するなと」

「ないですけど、常識的に考えてまずいと思うんです」

退職後でも、のっぴきならない事情があるとしても、居候していると知った居住者は色々と想像し、噂するはずだ。

そしてそれは間違いなく透哉の迷惑になる。

「世間体を考慮してか？　それとも、加納さんに対して悩んでいるのと同じ理由か？」

「どちらもです。心配して提案してくれたのに、ごめんなさい」

菜子は深々と頭を下げた。

しかし、透哉はなおも食い下がる。

「どちらも問題ない。世間体より君が大事だし、恋人に関しても君以外にそうなりたい人はいない」

「え、え……」

あまりにもストレートな告白に、ぼぼぼと顔が赤くなる。

「それに、世間体が気になるのであれば、正当な理由をつければ問題ない」

自信たっぷりに微笑む透哉は、コーヒーをテーブルに置き、真っ直ぐに菜子を見つめた。そして――。

「結婚しよう」

淀みのないはっきりとした声で、そう告げられた。

（…………え？）

数秒、思考も動きも完全停止していた菜子は、ようやくプロポーズされたと理解し、それと同時に驚きが限界点を突破する。

「えええええっ⁉」

(け、結婚⁉)

先ほどよりも大きな声が出てしまった。

けれど今度は周りを気にする余裕もなく、菜子は口をパクパクさせる。

「あ、あの、ごめんなさい。ちょっと意味がわからないです……!」

正当な理由が結婚とは。

いや、透哉の家に住むなら確かに結婚という理由は一番わかりやすい。

わかりやすいが、結局噂の的になるのでは。

なにせ、二週間しか勤務していない臨時のコンシェルジュが住人と結婚するのだから。なにごとだとざわつくだろうし、なにより栗原の反応が恐ろしい。

いや、それ以前に問題なことがある。

「結婚をそんな簡単に決めちゃダメです」

先ほど、菜子以外に恋人になりたい相手はいないと言っていた。

それが本心だとしても、自分たちは再会して間もなく、菜子は透哉の記憶をまだほとんど失ったままだ。

「簡単に決めてはいない。ちゃんと考えている。というか、この前はあえて言わなかったが、そもそも三年前、結婚を前提に付き合ってほしいと伝えていた。そして今もその気持ちは変わらない」

（そうなの⁉）

さらなる新事実を吐露されて、菜子はいよいよ混乱を極め始めた。

「で、でも、私は記憶がまだ……」

「そうだな。だから、君が俺を好きになってくれるのを待つつもりだった。記憶を取り戻さなくても、好きになってもらえればいいと。だが、遠慮はやめだ」

透哉の大きな手が菜子の手を取って包む。

手のひらから伝わる透哉の熱に、菜子の体温がぶわりと上昇した。

「菜子の気持ちがまだ俺にないのはわかっている。だが、俺には君しかいない。どうか、俺にチャンスをくれないか」

「チャンス、ですか？」

「ああ、一年でいい。一年結婚生活を送って、その間に好きになってもらえなかったら、その時は離婚に応じる。慰謝料も払うから、その金で新しい家に住めばいい。君は、結婚という契約を交わして、俺を利用すればいいだけだ」

「利用なんてそんな」

慰謝料なんていらないし、自分の都合で透哉を利用するつもりなど菜子にはない。

「だが君はすぐにでも住む場所と仕事が欲しいんだろ？　結婚すれば家の問題は解決できるし、生活の保障もされる。仕事も焦って探す必要はない。家事も立派な仕事だ」

マンションの住民が噂したとしても、それは一時。

しばらくすれば誰も気にしなくなる。

透哉はそう続けてから、困ったように眉尻を下げた。

「それに、正直に言うと、院長から勧められる見合い話を断るのもそろそろ限界なんだ。だが、断り続けていた理由である君が俺の結婚相手なら院長も納得してくれるだろう」

見合いを断っている理由が自分だと知り、菜子は透哉の想いの深さに心を打たれる。

見合い話がいつから来ていたのかは不明だが、『断り続けていた』なら、おそらく菜子と再会する前からだろう。

(本当に、ずっと思い続けてくれてるのね)

突然連絡が取れなくなり、不安にさせて悲しませたはず。

だのに、三年経っても、記憶を失っていると知っても、変わらずに自分を好きでいてくれている。

そんな彼の気持ちに応えたいと、菜子は純粋に思った。

(これも尽くし魔的思考なのかしら)

染みついた尽くし癖でそう思っているのかも。

いや、透哉に関してはそれだけではない気もする。

彼のためになにかしたい、気持ちに応えたいと思うその深層には、今の菜子が忘れてしまったなにかがある。

そして予想が合っていれば、それは恋愛感情だ。

だから、契約結婚など本来なら断るべきなのに。

(拒否、できない)

自分の手を包む彼の手に、抱きしめられたいという想いがこみ上げてくるのは、過去の想いの残り火か、今の自分の気持ちか。

ちゃんと知りたい、自分の気持ちを。

困りごとが解消されるのはもちろんありがたいけれど、結婚することで記憶も気持ちもはっきりするかもしれない。

菜子は悩んで俯き加減だった顔を上げて、透哉を真っ直ぐに見つめる。

「わかりました。一年限定の契約結婚、お受けいたします」

承諾した直後、透哉は一拍置いて幸せそうに破顔した。

「ありがとう！　君が妻として毎日傍にいてくれるなら、どんな難しいオペも成功間違いなしだ」

感極まった透哉が菜子の手にキスを落とした。

その瞬間、菜子の鼓動がひとつ跳ね上がり、またしても顔が熱を持つ。

手へのキスだけでこんなにもときめくなんて。

夫婦になるのに、こんな調子で大丈夫だろうか。

嬉しそうに微笑みを浮かべる透哉に笑みを返しながら、菜子は自分の心臓の耐久力を心配した。

四章　心が記憶する想い

二週間のマンションコンシェルジュ業を無事に終えた翌日、日曜日。

菜子は、寮から退去するため、朝から荷物運びに精を出していた。

とはいえ、大して量はないので、積み上げられている段ボールの数は少ない。

あっという間にすべての荷物を梱包し終えると、手伝ってくれている悠生が、玄関前の段ボールを軽く叩いた。

「これで全部？」

「うん、全部。あ、それは割れ物だから気を付けてね」

「りょーかい」

軽々と段ボールを持ち上げた悠生は、しばらくすると友人からレンタルしたというワゴン車に荷物を積んで戻ってくる。

「てか、本当に荷物少ないな」

「前の寮もここも家具付きで、大物がないからね」

加えて、菜子は必要な最低限のものしか買わず、物持ちもいい方だ。

ミニマリストのつもりはないが、昔から贅沢もしないので、自然とそんな生活になっていた。

「でも、少ないとはいえ悠生が来てくれて本当に助かった。休みなのにありがとう」

備え付けの冷蔵庫からミネラルウォーターを取り出して手渡すと、悠生はジト目で菜子を見る。

「お前さ、なんで俺が今日、無理言って休みをもらってたのか知ってるか？」

「外せない予定があったから？」

「だったら今日手伝うわけないだろ。お前が俺の家に引っ越してくることを見越して、課長に相談して休みをもぎっとったんだよ」

「えっ、そうだったの？　ごめんね、予定を狂わせたうえに手伝わせちゃって……」

菜子は申し訳なさに眉を八の字にする。

「あと、お前が困らないように手伝ってるけど、俺はまだ結婚に納得してないからな」

不機嫌さを隠さない悠生は、ペットボトルに口をつけ、喉を上下させる。

ごくりごくりと水分を補給する悠生に、菜子はまた「ごめん」と苦笑した。

『真城様……透哉さんと結婚することになったの』

先日プロポーズされたあと、帰宅した菜子が一番に報告したのは悠生だった。

当然だが、スマホ越しの第一声は「は？」であり、プロポーズされた菜子同様、結婚という意味をすぐに理解できなかったのか沈黙が流れた。

『まあ、そうなるよね。私もプロポーズされて固まったし』

『いやいやマジ話？』

『マジなんです』と答えると、悠生は盛大に溜め息を吐いた。

そして『絶対にダメだろ』と反対された。

理由は予想通り、付き合ってもいないし、なにより再会して間もないというものだった。

『それに、真城様は三年前からの付き合いって感覚だろうけど、菜子は違うだろ。再会っていっても記憶がないし、初めましてに近い。それでなんで結婚できるんだよ』

とにかく俺は反対だ。

そう言われてしまったけれど、すでに決断していた菜子は『もう決めたの』と押し切ったのだ。

『後悔しても知らないからな』

突き放すように通話を切られたが、結局こうして引っ越しの手伝いに来てくれて、気遣いと優しさに頭が上がらない。

悠生は短く溜め息を吐き、玄関扉に寄りかかる。

「ひとつ確認。真城様が望んでるから結婚するとかじゃないよな？」

おそらく、いつもの尽くし癖のせいではと心配しているのだろう。

「違うわ」

「じゃあ……好きなのか？」

「えっ……そ、それは悠生には関係ないでしょ」

「あるよ。お前が心から望んだ結婚じゃないなら祝福できない」

真面目な口調と鋭い視線に、菜子は口を噤む。

結婚の決断はしたが、心から望んでいるかと言われると自信がない。

あの時感じた、断りたくないという気持ちを説明するのも難しい。

互いのため、記憶のため、気持ちを確かめるため。

結婚するに至ったそれらをすべて話して望んでいると伝えても、悠生は納得しないだろう。

彼が大切にしているのは、菜子の気持ちだ。

「好きかどうかって言われたら、はっきりと答えるのは難しいんだけど、想いは残ってる気がするの」

「……それは、記憶を失う前の菜子が、真城様を好きだったってことか？」

「わからない。でも、再会した日からずっと、透哉さんのことが気にかかってる。自覚はないけど、それって彼を想う気持ちが心に残ってるからじゃないかなって」

「罪悪感で気になってるだけかもしれないだろ」

透哉を忘れてしまった罪の意識で勘違いしているのでは。

その可能性を指摘した悠生は、もうひと口ミネラルウォーターを口に含む。

「まあ、決めたんなら仕方ないけど、俺が反対なのは変わらないから」

「うん。ありがとう」

「俺は反対だって言ってんのに礼はおかしいだろ」

「反対してても助けてくれるから。あっ、私も、悠生が結婚する時に賛成できなくても、それはそれ、これはこれでいくから安心してね」

私たちの友情は永遠に不滅。

そんなノリで親指を立てたのだが、悠生は力なく笑った。

「いい加減、マジで潮時か」

独り言ち、大きく息を吸い込むと、肩の力を抜くように一気に吐く。

すると、いつもの彼らしい爽やかな笑みが浮かんだ。

「よっし、掃除したら出発するか」

「了解です！」

残しておいた掃除機を手にした悠生に続き、菜子も雑巾を掴んで最後の作業に勤しんだ。

――一時間後。

つい先日まで職場だったマンションに引っ越してきた菜子は、本日より住まいとなる玄関先で、家主の透哉に頭を下げる。

「今日からお世話になります」

「夫婦になるのに硬い挨拶だな」

クスッと笑った透哉は、引っ越し作業に合わせ、カットソーにジーンズというカジュアルスタイルだ。

「あれ？　ラテはいないんですか？」

一緒に出迎えてくれるのかと思っていた菜子は、ラテの姿が見えず首を傾げる。

「ラテは作業の間かまってやれないし邪魔するかもしれないから、ペットホテルに預けてある。明日、婚姻届を出したあとに迎えに行く予定だ」

ふたりは今日から共に生活を送るが、入籍はまだしていない。

明日、透哉が午前半休を取ったので、そこで役所に寄り、婚姻届を提出予定だ。

「それより、そっちに手伝いに行けなくて悪かった」

「気にしないでください。むしろ忙しい中、私の部屋の準備をありがとうございます」

昨夜、電話で引っ越しの段取りを相談したのだが、その時、元々使っていない部屋を、菜子がすぐに使えるように家具や寝具を用意したと教えてくれた。

「その部屋だが、必要そうなものはひと通り揃えておいた。もし荷ほどきして足りないようなら遠慮なく言ってくれ」

「それなら問題ないと思いますよ」

話に割って入ったのは、台車で荷物を運んできた悠生だ。

「加納さん、今日はありがとうございます」

「いえ、菜子の引っ越しを手伝うのは慣れてますから」

母との住まいから、祖父の家へ。

祖父の家からリゾートホテルの社員寮へ。

そして、リゾートホテルの社員寮から、コンシェルジュ会社の社員寮へ。

引っ越しがある度に手伝っている悠生は、菜子の物持ちのよさも、ものの少なさも知っている。

菓子のお気に入りの食器たちを梱包するのも、今回でもう何度目になるか。

「これ、中に運ぶのは任せていいですか？　俺はまだ車にあるものをまた積んでくるので」

「わかりました」

透哉が頷くのを見た悠生は、すぐ踵を返し、台車を押してエレベーターホールに向かった。

スタイリッシュなドアストッパーで、玄関扉を開いた状態にキープした透哉は、ポーチに置かれた段ボールをひとつ持ち上げる。

「透哉さん、私も運びます」

「じゃあ、君は軽いものだけ頼む。荷物を全部運び終えたら改めて家の中を案内させてくれ」

「はい、よろしくお願いします」

そうしてふたりは重さによって分担し、悠生が届けてくれる荷物を部屋へ運んでいった。

寮から車に運び入れる時と同様に、作業はあっという間に終わった。

「少ないとは聞いていたが、まさかこんなに早く済むとはな」

悠生から最後の荷物を受け取った透哉が、驚きつつも笑みを溢す。

「さっき君が、クローゼットだけで十分収納できるって言った意味がよくわかったよ」

菜子の部屋にはウォークインクローゼットがあり、衣類が収納できる他、鞄や靴まで入れられそうだった。

アンティーク調のチェストもドレッサーとお揃いのもので用意してもらっていたが、活躍しそうになくて申し訳なくなる。

「まあ、これから増えていくだろうし、備えあれば患いなしだ」

「増えますか？」

これまでの生活では特に増えることはなかった。

というか、増やす時は減った時なので増えないのだ。

「増えるだろ。パーティードレスとかアクセサリーとか色々」

「パーティー？」

「ああ、医師会のパーティーは、既婚者は夫婦で出席だからな」

そういえば、以前勤めていたホテルでも、宴会場では結婚披露宴の他に、企業の就任パーティーや記念パーティーが開かれていた。

菜子はフロント業務だったので、参加者の受付がメインだったが、まさか結婚披露宴以外で参加者側に立つ日がこようとは。

「いえでも、それだってワンセットあればいいのでは？」

「毎回同じドレスじゃ俺がつまらない。色んなドレスを着る君を見たいから、何着か買っておこう」

「無駄遣いはよくないです！　私ではなく、透哉さん自身にお金をかけてください」

男性のスーツなどは、それなりに値が張るだろう。

普段使わないドレスは最低限でいい。

しかし、透哉は不服そうに目を細める。

「無駄？　君が着飾って俺の心が満たされるのが無駄だと？」

そんな会話を玄関廊下で交わしていると。

「あー、お話し中すみません。俺はそろそろ行きますね」

いつからそこにいたのか、微笑んでいるが目が笑っていない悠生が軍手を外してパーカーのポケットに突っ込んだ。

「えっ、もう行くの？」

「おう、ダチに車返してくる」

昼食をごちそうしたいと思っていた菜子が引き止めるよりも早く、透哉が「加納さん」と呼びかけた。

「よかったら上がって、休憩がてらコーヒーでも飲んでいってください」

「いえ、大して疲れてないですし、早めに返しておきたいので」

「わかりました。では、後日また改めて礼をさせていただきます」

「お気遣いなく。俺は、菜子のためにしたいからしているだけなので」

「そうですか。俺の妻のためにありがとうございます」

なぜだろう。

ふたりともにこにこと微笑んでいるのに、喧嘩をしているように見えるのは。

「じゃあ菜子、なにかあれば連絡しろよ」

「ありがとう。運転気を付けてね」

パタンと扉が閉まって、オートロックがかかる機械の音がする。

ふたりきりになると、透哉はふぅっと息を吐いた。

「彼は昔からあんな感じなのか？」

「あんなってどんなです？」

「君に対して過保護なところだ」

「そこまで過保護でもないですよ。ただ、家族……兄妹みたいな感じで、いつも心配してくれてるんです」

付かず離れずの距離感で気にかけ、支えてくれる兄のような頼れる存在。

きっと悠生とは生涯の付き合いになり、互いになにかあれば駆けつける、そんな関係だと菜子は思っている。

「なるほど、兄弟か。……そのあたりは同情するな」

ぼそりと透哉が零した『同情』の言葉に菜子はハッとする。

「やっぱり私、悠生に甘えすぎでしょうか。もういい大人だし、悠生離れしないとですよね」

結婚は反対されているが、安心してもらういい機会かもしれない。

しっかりせねばと心を入れ替えていると、透哉がくすくすと笑った。

「な、なんですか？」

「いいや？　まあ、加納さん離れは賛成だな。その方が俺にはありがたい」

嫉妬を滲ませた透哉は、「さて」と菜子をリビングのソファに座らせる。

「昼休憩してから家の中を案内しよう。これ、駅前にできたパン屋のだ。菜子が好きそうなの色々買ったからどれでも食べてくれ」

説明しながら様々なパンが載った皿をローテーブルに置いた。

好きそうなの、と言っていたが、菜子が好んで買うパンばかりで目を丸くする。

きっと以前の菜子が食べていたのだろう。

それを覚えていて購入したのだ。

(私の覚えていない私は、その時どんな会話をしたのかな)

記憶がないせいで思い出話もできない。

それを寂しく思うが、自分よりも透哉の方が寂しいはず。

だから全部思い出したい。

出来事も、想いも、感情も。

「コーヒーを淹れるが、ミルク多めでいいか?」

「はい……って、私も手伝います」

透哉も疲れているはずなので、菜子は慌てて立ち上がりエスプレッソマシンの電源を入れる透哉の隣に立った。

「なら、その棚からコーヒーカップを取ってくれ」

「わかりました」

指定された棚の扉を開けると、モノトーンで統一された食器が現れる。

（わぁ、男の人って感じだ）

引っ越し作業中にも思ったが、透哉の家は玄関からリビング、廊下に至るまで落ち着いていてモダンシックな雰囲気だ。

家具もダークトーンでまとめられていて、余計なものがあまりない。

そのため、アンティーク調の家具で明るい色合いの菜子の部屋に入ると、なんだか別空間に入り込んだ感じがある。

インテリアの趣味が違う世の夫婦たちは、共有スペースをどう使っているのか。

そんな疑問に駆られつつセンスのいい食器を眺めていると、コーヒー豆をセットした透哉が首を捻る。

「どうした？」

「食器がかっこいいのばかりなので、私が持ってきた食器を並べたら浮いちゃうなって思ってました」

白、灰、黒の皿やカップ、透明なグラスが並ぶ中、菜子のお気に入りのレトロ感溢れる食器を仲間入りさせるのはあまりにも申し訳ない。

菜子は白いコーヒーカップをふたつ取り出し、カウンターに置きつつ苦笑する。

「別に俺はかまわないけど」

「でも、見栄えを悪くしてしまうじゃないですか」

「特にこだわりもないし、好きにしていい。それに、今まで自分のものしかなかったところに君のものが並ぶのは嬉しいしな。菜子と結婚した実感がわく」

その透哉の考え方に、目から鱗が落ちた。

結婚とは、そうやって互いを受け入れていくものなのだろう。

「透哉さんは心が広いですね」

記憶がない状態だけでなく、菜子の趣味や生活スタイルまで受け入れてくれるのだから。

しかし、謙遜なのか透哉は「そんなことはない」と否定する。

「狭いから、俺以外の男との同居を許せず、菜子にプロポーズしたんだ」

つまり、嫉妬から結婚を急いだらしい。

エスプレッソマシンから、コーヒーのいい香りが漂い始める。

「男っていっても、家族のような相手ですよ」

「君にとってはな」

ということは、透哉にとって男は皆警戒すべき対象なのだろうか。

そんな疑問を抱きつつ、菜子は透哉が淹れてくれたミルクたっぷりのコーヒーを受け取った。

座り心地のいいソファで寛ぎながら昼食を終えた菜子は、予定通り透哉に家の中を案内してもらうことに。

「君の寝室の隣が俺の寝室。その向かいのここが書斎」

そう言って扉を開けた書斎は想像よりも広く、壁一面の本棚には医学書などがぎっしりと詰まっている。

「これ全部読んだんですか？」

「ひと通りな。もし興味があるなら好きに読んでいいぞ。書斎も必要なら使ってくれ」

「ありがとうございます」

社会人になってから、机に向かって勉強することはめっきりなくなった。

本を読むのもベッドの上だったので、書斎は活躍しなさそうだが本に興味はある。

（脳震盪後症候群についての書籍があれば読んでみよう）

とはいえ、この中から載っていそうな本を探すのが大変そうだが。

「それから……ここがバスルーム。シャワーは全身タイプで、場所や量はダイヤルで調節できる。これはまた入浴する時に説明した方がいいな」

「ぜひお願いします」

今まで普通のシャワーの使用経験しかない菜子に、パネルに多数のノズルがついているシャワーを使いこなせる自信はない。

(元職場のスイートルームに完備されてるのは知ってたけど、まさか透哉さんの家にあるなんて)

さすが最上階のペントハウス。

感心しつつ、リビングに戻ると今度はキッチンへ入った。

独立型だが、ガラス窓に囲まれていて開放感があり、カフェのような印象だ。

奥に進むとアーチ型の入り口が現れる。

「ここはパントリーだけど、俺はほぼ自炊しないからこの通りスカスカだ。ここは君の好きに使ってくれてかまわない」

使っているのはこれくらいだと、腰のあたりまであるウッド調のワインセラーに手を置いた。

「わかりました。透哉さんの好きな料理をいつでも作れるように、材料を色々とストックしておきますね」

結婚しても仕事は引き続き探すので、職が決まった場合どの程度夕食を用意できるかはまだ予測不能だ。

だが、妻としてできる限り食事のサポートは頑張りたい。

この結婚が、期間限定の契約結婚で、終わりがくるかもしれなくても。

「手料理は嬉しいけど無理はするなよ。結婚したからって、家事を完璧にこなさなくてもいい。俺は君が傍にいてくれるだけで十分なんだ」

「透哉さん、そんなこと言って私を甘やかさないでください」

「いいや、甘やかす。君は誰かのために頑張りすぎるきらいがあるからな。ちなみに、今夜の食事は俺に任せてもらう」

パントリーの入り口で透哉が振り返って微笑した。

「もしかして透哉さんが作るんですか？」

「そうやって君の胃袋を摑めたら最高だろうが、残念ながら俺に料理のセンスはない。だから、ホテルのレストランを予約した。そこで引っ越し祝いと、一日早いが結婚祝いをしよう」

「お祝い……！　すみません。私、引っ越しで頭がいっぱいで、お祝いのことすっかり抜けてました。透哉さんはさすがですね」

（……というか、よく考えたら私は恵まれすぎでは？）

容姿端麗で職業は医師。

振る舞いに余裕があり、相手への配慮もできる男性と結婚できるなど、なかなかないだろう。

そして、そんなハイスペックな人物の妻が自分で本当にいいのか。

今さらながら不安になるが、受けたからには努力する他ない。

「色々と足りないふつつかものですが、今日からよろしくお願いします」

「こちらこそ、君の夫として足りない部分はあると思うが、君が俺を好きになってくれるよう努力する。というか、全力でいくつもりだから覚悟してくれ」

「か、覚悟が必要な透哉さんの全力とは……？」

「そうだな……菜子がどこまで許してくれるかにもよるな」

「なにをどこまでですか？」

漠然としているため尋ねると、透哉は腕を組み、入り口の壁にもたれかかった。

「最初に話したが、君にとっては住む場所を提供する約束の契約結婚だが、俺にとっては君に好きになってもらうための結婚だ」

そうだ。双方にメリットがあり、さらには、元コンシェルジュが住人の家に同居する正統な理由付けとして最適だったため結婚という形をとった。

もちろん、忘れてしまっている記憶を刺激するという理由も菜子にはあるが。

「で、好きになってもらうには、俺が君にあの手この手でアピールすることを理解してもらわないとならない」

「アピール……例えばデートしたり？」

「まあ、それもあるが……先に言っておく」

そう言うと、透哉は菜子を追い詰めるように、片腕を壁について退路を塞いだ。

距離がぐっと縮まり、端整な顔が迫る。

「俺は、付き合いたての中高生のような、ぬるい恋の真似事を君とするつもりはない」

菜子の心臓がこれでもかというくらいに早鐘を打ち、慣れない距離感に耳まで熱を持つのがわかった。

（付き合いたてのぬるい恋の真似事って、遊園地でデートとか？）

うまくいけば手を繋げるかも、と友人たちと騒いでいた、初々しくも懐かしい学生時代の恋愛事情を思い出す。

だが、それをするつもりはないということは、大人の恋をすると言っているわけで。

では、大人の恋とはなにか。

そんなこと考えていると、ふいに透哉の指先が菜子の頬に触れた。

菜子を見つめる透哉の瞳が、熱を帯びている気がするのは気のせいか。

（も……もしかして、大人の恋って、身体から始めるとかそういう？　覚悟をしてくれって、そっちの覚悟⁉）

いくら夫婦とはいえ、自分たちの場合は契約結婚だ。

夜の営みは妻の義務などと聞いたことはあるけれど、さすがに首肯できない。

それとも、以前の自分たちは、すでに肉体関係があったのか。

「菜子」

名前を呼ばれて心臓が大きく跳ねる。

「あ、あの、前の私たちがどんな関係だったかはわかりませんが、今の私はまだそっちの覚悟は――」

「これだ」

「ん？」

透哉の手には、空のワインボトルがあり、見ろというように軽く振る。

「えっと……ワインが、どうかしたんですか？」

「酒を飲みながら君を口説く。これは大人にしかできないだろ？」

にんまりと口角が上がるのが見えて、そこでようやく菜子は気付いた。

「か、からかいました？　その顔絶対そうですよね？」

「〝そっちの覚悟〟とやらも、酒を飲めばできるんじゃないか？」

くすりと肩を揺らして笑う透哉。

確実にからかっているのだとわかり、菜子は透哉の胸を押して包囲から脱出した。

「透哉さんとはお酒を飲まないって今決めました」

「それは失敗したな。なら、酒の力は借りずに全力でいくしかないか」

全力と口にしつつも余裕たっぷりの透哉。

このまま彼のペースに持ち込まれたら心臓が持たない気がして……。

「私、片付けしながらディナー用のワンピース探しますね」

菜子は、透哉の視線から逃げるように背を向けた。

「そうだな。なにかあったら声かけてくれ」

そう返した彼の声は、やはり余裕に満ちていた。

悩んだ末、選んだワンピースは今の時期に合う、春らしい花柄にした。

薄桃色のくすみがかった色合いが上品で、店頭のマネキンが来ているのを見た瞬間気に入って購入したものだ。

とはいえ、日々仕事ばかりでめかし込んで出かけることもなかったので、袖を通したのは片手で数えられる程度。

それがまさか、結婚祝いのディナーに着ていくことになろうとは。

（悠生からマンションコンシェルジュの誘いを受けた時は想像もしてなかったな）

人生なにが起こるかわからないものだ。

記憶を失ったと気付かないまま暮らしていたり、その失っている記憶の人物と再会して結婚までするのだから。

ホテルの最上階へと上がるエレベーター内で、隣に立つ透哉をちらりと盗み見る。

彼はいつもの通りスーツ姿だが、仕事の時とは違いネクタイを着けず少し着崩しており、それがまた様になっていてかっこいい。

実はここに来るまで、ホテルの客も従業員も、女性は皆透哉に釘付けになっていた。

そんな彼の隣を歩くのが平凡な自分で気後れしつつ、三ツ星ホテルのフレンチレストランに入店する。

「真城様、お待ちしておりました」

常連なのだろう。

透哉が名を告げる前に、受付に立つレセプションの男性が一礼した。

そうして案内されたのは、モダンで落ち着いた雰囲気の個室だ。

天井から床まであるガラス窓の奥には、東京の夜景が広がっている。

ボルドーのテーブルクロスがかけられた丸いテーブルを挟んで腰を下ろすと、すぐに乾杯用のシャンパンが運ばれてきた。

数時間前、透哉の前では飲まないと言ってしまった酒だ。

セッティングが完了し、透哉がグラスを手にする。

さて、どうすべきか。

菜子が悩みながらシャンパングラスのステム部分を持つと、透哉が小さく笑った。

「君は相変わらず顔に出やすいな。祝いの席くらいは気にせず飲んでもいいんじゃないか?」

考えを見透かされて苦笑する。

「透哉さん、超能力者みたい」

顔に出やすい菜子の性格もあるかもしれないが、透哉の観察力が優れているのでは。

医者には、患者やその家族の言葉にならない気持ちを読み取り、症状や病名を伝えるスキルも必要だろうから。

「じゃあ、お言葉に甘えて」

祝いなどの酒は特別にＯＫに変更する。

というより、むきになる必要もないのだが、あんな風に言われてしまうと、酒を飲む時は口説かれ待ちだと思われそうで飲みにくい。

「新しい生活と、俺たちの結婚に乾杯」

「乾杯」

グラスを軽く打ち鳴らすと気泡が躍り揺らめいた。

ひと口飲んだシャンパンは、フルーティーで飲みやすい。

その後、程よいタイミングで出される料理はどれも絶品で、菜子は舌鼓を打ちながら堪能した。

料理が美味しいせいか、シャンパンの次に頼んだワインのせいか。

デザートのミルフィーユが並ぶ頃には透哉との会話も弾み、結婚が決まってからずっとあった緊張がほぐれていた。

「うん、美味い」

「ミルフィーユが好きなんですか？」

「ああ、叔父との思い出のデザートでもあるからな」

「透哉さんの叔父さん、ですか？」

尋ねると透哉は「ああ、そうか」と囁くように零し、フォークを置いた。

その端整な顔に影が落ちた気がして、胸の奥が微かに疼く。

おそらく、記憶を失う以前の菜子は聞いていたのだろう。

忘れて申し訳なく思うも、それが顔に出れば透哉に気を遣わせる。

だからなるべく表情は変えないように努めた。

「どんな思い出か聞いてもいいですか？」

「大して面白い話でもないが、それでもいいなら」

菜子がもちろんですと頷くと、透哉はワイングラスを手に取った。

「俺の両親は小さい頃に他界してて、俺は、引き取ってくれた叔父の元で育ったんだ。叔父は結婚をしない主義の仕事人間。でも、俺を蔑ろにしたりはせず、誕生日にはいつもケーキを買って帰ってきた」

「それがミルフィーユなんですね」

「ああ。叔父の好物で、ケーキといえばそればかり食ってた。美味い美味いって笑顔で食べる叔父を見てたら、いつの間にか俺も好きになってたんだ」

その後、透哉は叔父の家を出ても、誕生日には苺のミルフィーユを買って食べているらしい。

「叔父さんと食べないんですか？」

「俺が独り立ちする頃に糖尿病になって、甘いものは断ってるんだよ。叔父の前で食べたら怒られる」

とはいえ、透哉も甘いものはそんなに食べる方ではなく、ミルフィーユは誕生日や外食で出たら食べる程度だと続けた。

「前の私は、透哉さんにミルフィーユを差し入れたりしました？」

気になって聞いてみると、透哉は首を横に振る。

「ミルフィーユが好きな話はしてないし、弁当に入ってたこともないな」

冗談めかした透哉の答えに、菜子は目を丸くして小首を傾げた。

「どうした？」

「いえ……さっき、『ああ、そうか』って言ってたので、てっきり以前の私は透哉さんのミルフィーユ好きを知ってたんだと思って」

「話したことがあるのは叔父の件だ。叔父は料理が苦手でセンスもなく、できるのは米をとぐことくらい。だからいつも総菜を買って食べてて、母の手料理に憧れを持っていると話した」

「もしかして、私がお弁当を差し入れるようなったのって、その話から？」

ワインをひと口飲んだ透哉は「正解」と微笑んだ。

「君の料理は母親仕込みだから母の味だって、時々弁当を差し入れてくれるようになった」

「そうだったんですね」

医者の不養生を気にしてかと思ったが、そんな経緯があったのか。

「また聞けてよかったです。私、おうちご飯張り切って作ります！　なので、他にも好きな食べ物があれば教えてください。あ、食べ物だけじゃなくて、好きなスポーツや本、動物とかも」

契約でもこれから夫婦となるのだから、夫の趣味嗜好は知っておくべきだろう。

……いや、ただ純粋に知りたいのだ。

透哉の好みを。

（それに、少し嬉しい）

以前の自分が知らなかった透哉の新しい一面を知れるのが。

「俺に興味を示してくれるのは嬉しいが、あまり積極的だと俺にアピールしているものだと勘違いするぞ」

「ちっ、ちが――」

（……わない、かも）

知りたいと思うのは、透哉が言うように興味があるからだ。

そしてそれを尋ねるのは、あなたに興味がありますというアピールに他ならない。

「菜子？　どうした？」

否定しようとしてそのまま黙ってしまったのを怪訝に思ったのだろう。

ワイングラスをテーブルに置いて首を捻る透哉に、菜子は「なんでもないです」と微笑してミルフィーユを口に運んだ。

爽やかなフランボワーズの香りが口いっぱいに広がる。

――知りたい。

その興味と欲求は、恋の入り口に踏み込んだ時とよく似ている。

（やっぱり私、透哉さんに惹かれてるのかも）

それが以前の自分から連なるものかはわからないけれど、知りたいという想いが恋からきているならひどく納得できる気がした。

翌日、透哉と役所にやってきた菜子は、窓口で婚姻届を提出し手続きが終わるのを待っていた。

昨夜、ディナーから帰宅したあと、透哉が準備してくれていた婚姻届にふたりで記入した。

証人欄には、レストランで聞いた透哉の叔父と、透哉の同僚の名前が入っている。

どちらも透哉が信頼できる相手だから、と。

(それは問題ないのよ。婚姻届に記入する時も、透哉さんに後悔はないか確認されたけど、そもそも期限付きの契約結婚を了承して受けたんだから後悔も問題なんてない。ただ一番の問題は、私が思ったより期待してたこと……！)

菜子は昨日、透哉と過ごす初めての夜に緊張していた。

契約結婚で入籍前夜とはいえ、夫婦になる関係。

まして彼は自分を好きだと言ってくれている。

菜子に透哉への気持ちがまだないと彼もわかっているはずだが、あの手この手でアピールすると言っていた。

話はからかわれて終わったが……。

『俺は、付き合いたての中高生のような、ぬるい恋の真似事を君とするつもりはない』

おそらくあの言葉に偽りはない。

酒の力は借りず、とも言っていたが、どこまでが本気でどこまでが冗談かわからず、入浴中も、入浴後も、ベッドに入ってからも、菜子の緊張は解けないままだった。

念のため、スキンケアは入念にして、下着も上下セットのものにした。

（だけど、なにもなかった）

いや、それでいいのだが、朝になり『おはよう』と爽やかに挨拶された時は、自分だけが意識しているようで恥ずかしく、同時に落胆した。

そう、落胆したのだ。

（それってつまり、期待してたってことよね⁉）

惹かれているかも、ではなく、確実に惹かれているのでは。

だがこれが今の自分の気持ちなのか、しっかり見極める必要がある。

極上ハイスペックな透哉に想われていることに加え、結婚という人生の一大イベントに浮かれている可能性もなきにしも非ず。

冷静にならねば。

「お待たせいたしました。お手続きの方、こちらですべて完了となります。ご結婚おめでとうございます」

「ありがとうございます」

透哉と共に一礼し、席を立つ。

菜子はたった今、桜井菜子から真城菜子になったのだ。

役所を出て車に乗り込むと、運転席の透哉が感慨深げに息を吐いた。

「君と結婚できたのか。なんだかまだ信じられないな。夢を見ている感覚というか」

「私も信じられないというか、実感がわかないです。私の苗字、真城になったんですよね」

「ああ、そうだ。実感は俺もない。というわけで、今から実感しにいくぞ」

機嫌よさそうに言って、透哉はアクセルを踏んだ。

菜子が気になって目的と行き先を聞いても「着いてからのお楽しみだ」としか答えてくれず。

そうして車に乗って二十分後。

連れて来られたのは、モダンな佇まいの高級ジュエリーショップだ。

「もしかして……？」

ショップの前で呟くと、車をキーロックした透哉が隣に立った。

「結婚指輪を買おう」

（やっぱり……！）

「で、でも、私たちはまだ契約段階ですし」

「そう、だから結婚式は正式に決断してからという話になった。だが、指輪は別だろう？　結婚の証明になるし、実感もわく。それに、見合いの話を持ってくる院長へのアピールにもなる」

「なるほど、確かにそのためには必要ですね」

この結婚には、見合いを避けたい透哉を助ける目的もある。

そう考えると、結婚指輪は必要だ。

しかし、一般的に結婚指輪はそれなりに値が張る。

そのうえ、新郎新婦の名前を刻印したり、ヨーロッパに伝わる結婚式のおまじない『サムシングフォー』のひとつ、『サムシングブルー』にちなんだブルーサファイアを埋め込んだりもする。

それらを契約結婚の自分たちがするのは気が引けるというもの。

なにせ、菜子の気持ちが固まらない場合、離婚するのだから。

しかし、菜子の心を手に入れるために結婚を提案した透哉の気持ちを思うと、その懸念は声に出しづらい。

（本当にいいのかな）

透哉に惹かれてはいる。

だが、好きになり、添い遂げたいと思うかはまだわからない。

それに、透哉の気持ちも続くとは限らない。

一年の間に心変わりすることもあるだろう。

だが透哉はそんな未来など予定にないと言わんばかりに、菜子の肩を上機嫌に抱いてジュエリーショップの自動ドアをくぐった。

清楚な雰囲気の女性店員が「いらっしゃいませ」と一礼して出迎える。

「予約していた真城です」

「お待ちしておりました。こちらへどうぞ」

優雅な所作で案内されたのは、店の奥に商談スペースだ。

透哉と並んでソファに腰を下ろすと、店員がテーブルに様々なデザインの指輪を並べる。

「こちらが、本日お待ち帰りが可能となっておりますマリッジリングのラインナップです。サイズも揃っておりますので、気になるものをお申し付けください」

「今日持ち帰れるんですか?」

目を丸くした菜子に、店員は笑みを深めた。

「はい、刻印などのご希望や、石のご指定がある場合はお時間いただきますが、真城様からはご希望なしでと承っております」

店員の説明を受けて、どういうことかと透哉を見る。

「その方が、君が気にしなくていいと思ったんだが、もしかしてフルオーダーの方がよかったか？」

菜子は透哉の心遣いに感服しながら首を横に振った。

「もう本当、さすがです」

指輪の必要性、指輪による今後の懸念。

それらすべてを透哉はしっかりと見通し、先回りして菜子をここへ連れてきたのだ。

「君が思うよりずっと、俺は君のことばかり考えてるからな」

惚気のようなセリフに、店員が「奥様想いで素敵ですね」と透哉を褒めた。

「奥様も幸せですね」

「は、はい」

奥様と初めて呼ばれた菜子ははにかむ。

「それで、菜子はどれがいいんだ？　俺はこだわりもないし、菜子の気に入ったデザインにしよう」

「ダメです。ふたりでつけるんだから一緒に選んでください」

結婚は、ひとりでするものではない。

歩幅を合わせ、ふたりで歩んでいくものだ。

だから、結婚の証として持つ揃いの指輪からひとりよがりでは縁起も悪い。

契約結婚で、その目的が互いのメリットであるとしても。

菜子は透哉との記憶を、透哉は菜子の想いを求めているのなら、そのゴールがよいものになるように。

そんな願いをこめて、菜子は「わかった」と微笑んだ透哉と共に、ふたりの好みに合うマリッジリングを選び始めた。


「ありがとうございました！」

店員の明るい声に見送られ、ジュエリーショップを出た透哉の手には、小さな箱が入った袋がある。

「お気に入りのが見つかってよかったですね」

「菜子と趣味が合ってよかったよ」

透哉の言う通り、互いがいいと思った指輪が同じペアのもので、さして時間はかからずに購入に至った。

ふたりが選んだのは、波の曲線を描いたようなデザインの指輪だ。

「さっそくつけて出勤しますか？」

院長のお見合い攻撃をかわすためにも、早めに指につけておいた方がいいのでは。

そう思い、助手席に乗り込みながら尋ねる。

すると、透哉はエンジンをかけながら「いや」と首を横に振った。

「せっかくだし、今夜帰ってからそれっぽく交換したいんだが、どうだ？」

「結婚式でするみたいにですか？」

「ああ。とはいえ、神父は不在だし、自分たちで誓いの言葉を交わして交換するだけにはなるが」

「じゃあ、ラテに神父さんになってもらって見守ってもらいましょうか」

「それは名案だな」

透哉は小さく笑ってシートベルトを締める。

一緒に笑みを零した菜子もまたシートベルトを差し込み、今夜、透哉が帰ってくるまでの段取りを頭の中で組んだ。

◆　◆　◆

職場に着いた透哉が、白衣を羽織り医局にある自分のデスクに座ったちょうどその時、コーヒーを片手に八乙女が入ってきた。

「お、いたいた。どうよ、所帯持ちになった気分は」

「ひとまず手に入れられた安堵と、ここからがスタートだって気を引き締めてるところだ」

幼馴染、加納との同居を阻止し、そこにかこつける形で結婚を申し入れた。

当然、菜子は尻込みし、そこで透哉は互いのメリットを利用した契約結婚を提示。

その結果、菜子を手に入れることができた。

しかし、一年で菜子の気持ちを自分に向けることができなかったら離婚だ。

それだけはなんとしても避けなければ。

「気を引き締めるとか真面目か。しっかし、婚姻届の証人を頼まれた時はさすがにびっくりしたわ。再会できただけでなくまさか結婚するとは。しかも超スピード婚」

「出会ってから三年以上だ。スピード婚じゃない」

「記憶がない彼女からしたら超スピードだろ。ていうか、よくOKしたよな。もしかして弱みでも握って脅したか？」

そんなわけないだろう。

突っ込もうと開きかけた口を再び閉じる。

弱みを握ったりはしていない、脅してもいない。

だが、記憶喪失だという事実を菜子に伝えたのはわざとだった。

(俺についての記憶を失っていると彼女に伝えたら、彼女が気にするのはわかっていた。自分ではなく相手を優先しがちの菜子なら、必ず俺を気に掛けると)

忘れてしまっているなら下手に刺激するべきではない。

自然と思い出せるのが一番いい。

医師として当然わかっていたが、菜子を忘れられずにいたひとりの男としてはダメだった。

自分たちがそれなりに親しかったと伝えれば、菜子が自分を特別な目で見てくれるようになるかもしれない。

その期待を抑えられず、記憶喪失の菜子ではなく、自分の恋慕を優先したのだ。

「え、なんでそこで黙るんだよ。もしかしてマジで脅した？」

「俺が好きな女を傷つけるゲスに見えるか？」

「好きじゃない女には冷たいゲスではあるだろ」

「気があると勘違いされたくないから、期待させないように振る舞ってるだけだ。というか、ゲスだと思ってるなら合コンに誘うな」

空気が悪くなって困るのは八乙女だろうに。

透哉は呆れつつ、ノートパソコンを立ち上げた。

「その素っ気ないところがいいっていう子もいるんだよ。あ、ただしイケメンに限るってやつな」

「容姿のよさを前提に男を見る女と合コンしてお前は楽しいのか?」

「男にも辛辣」

ツッコミを入れつつ、八乙女は透哉のデスク横のソファに腰を下ろした。

「でもそっか。可愛い奥さんができたんじゃ、今後は合コンに誘うのもよくないか」

「お前も早く結婚しろ」

と、言ったものの、八乙女が結婚に興味がないのは百も承知だ。

女性受けのいい八乙女なら、すぐにでも結婚相手は見つかるだろうに。

当の本人も「俺は結婚より恋愛がしたいんだよ。安心感よりときめき。死因はキュン死に希望」と笑っている。

「キュン死に？」

「そ、昨日合コンした子が言ってたんだ。俺にキュン死にしちゃいそうって。あ、ときめきすぎて死ぬって意味な」

そんなので死ぬかアホらしい。

というツッコミは心の中に留めておく。

「つーかその子さ、言うことがいちいち可愛くてさー」

透哉はまだまだ結婚しそうにない八乙女の合コン話を適当に聞き流しつつ、愛しい菜子との指輪交換を心待ちに患者のカルテをチェックした。

◆◆◆

『今から帰る』

透哉からのメッセージを受信してから三十分ほど経った頃、玄関から物音が聞こえて、菜子は夕食の準備をしていた手を止めた。

同時に、ソファで寝ていたラテの耳がピンと立つ。

透哉の妻となった初日。

　仕事帰りの夫を初めて出迎えるというくすぐったい緊張を感じながら、菜子は濡れた手をエプロンで拭い、スリッパを鳴らして玄関へ向かった。

　広い玄関で靴を脱ぐ透哉を見つけて、自然と頬が緩む。

「おかえりなさい、透哉さん！」

「ただい――」

　言葉が途切れて透哉が固まる。

　いつもは涼やかな双眸は大きく見開かれており、色めきを滲ませた瞳で菜子を凝視している。

「なるほど、これがキュン死にしそうってやつか」

「え？　キュン死に？」

　透哉の口から聞くには違和感がありすぎる俗語に、菜子は思わず眉を寄せた。

「今日、同僚から教わったんだ。ときめいて死にそうになる言葉だと。そして今、君を見た瞬間死にかけた」

　どうやら菜子は知らないうちに、透哉のトキメキスイッチを押していたらしい。

「私のなにが透哉さんの命を危険に晒したんでしょうか」

「エプロン姿が可愛すぎだ。あと、わざわざ出迎えにくるのも可愛すぎる」

至極真面目な顔で褒められて、菜子の顔がじわじわと熱を帯びる。

「ど、どうしたら？」

透哉の心臓のためにエプロンをやめればいいのか、出迎えない方がいいのか。

瞬いて戸惑っている菜子に、透哉はにこりと微笑んで。

「明日もそれで頼む」

寿命を縮めることを選んだ。

「ふふっ、わかりました。あ、夕飯とお風呂、どちらを先にしますか？　それともラテのお散歩が先ですか？」

コンシェルジュとして働いていた時、時間帯的にはラテの散歩を優先していたように思う。

とりあえず、どれでも対応できるよう準備は万端だ。

「まずは菜子にする」

「それは選択肢にありません」

廊下を歩く透哉が定番のネタを口にして、菜子はすかさず突っ込んだ。

透哉は「即答か」と楽し気に言って肩を小さく揺らす。

「では、先に夕食を。ジャケットだけ部屋に置いてくる」

「わかりました。準備して待ってますね」

廊下で別れて、菜子は再びキッチンに立った。

新婚らしいやり取りに、面映ゆい気持ちになりつつテーブルに料理を並べていると。

「すごいな。これ全部菜子が作ったのか？」

ダイニングにやってきた透哉が、ワイシャツの一番上のボタンを緩めながら目を瞠った。

「はい、ちょっと張り切りすぎて量が多くなっちゃいました。でも、無事に入籍できたので、ささやかですけどお祝いしようと思って」

カプレーゼにブルスケッタ、ラザニアとそして。

「ローストビーフまで用意してくれたのか。好物だって話したから？」

昨日、ディナーを終えて家に帰る途中、夕食作りの参考にしたいからと透哉の好きな料理を尋ねた。

その時、真っ先に出たのがローストビーフだ。

他にも色々と聞いたので用意したかったのだが、和食が多かったので、今夜はローストビーフに合わせたラインナップにしている。

「昨夜のディナーに比べたら見劣りしちゃいますけど、味は大丈夫だと思うので」

「いや、十分豪華だろ。わざわざありがとう。じゃあ、俺はあれを出すか」

「あれ？」

目を瞬かせて首を傾げる菜子に、透哉はちょっと待っててくれと言ってパントリールームに入った。

そしてすぐにワインボトルを手に戻ってくる。

「これは、俺の生まれ年ワインで、特別な日に開けるつもりでキープしておいたんだ」

「そんな貴重なワインをいいんですか？」

「もちろん。契約とはいえ君と結婚できたのは十分特別だろ？　しかも、菜子と飲めるなんて最高だ。さっそく乾杯しよう」

微笑んだ透哉は、ホルダーに下がるワイングラスをふたつ取ってテーブルに置いた。

コルクを抜いて、丸みのあるグラスにゆっくりとワインを注ぐ。

熟成により濃さを増した赤ワインが、解放を喜ぶようにグラスの中で波打った。

透哉とテーブルを挟んで座り、グラスを掲げる。

「それじゃ、今日から夫婦としてよろしく」

「こちらこそ、よろしくお願いします」

「乾杯」

ふたりの声が重なってグラスを合わせると、祝福のベルのように軽やかな音が鳴り響いた。

深みのある果実の香りに引き寄せられ、グラスに口をつける。

「わ、美味しい。ヴィンテージワインは初めて飲みましたけど、口当たりがまろやかですね」

「そうだな。香りも深みがあって、余韻もいい」

ちょうど飲み頃だったようだ。

菜子は、満足そうに微笑した透哉の取り皿に、ローストビーフを取り分ける。

「ありがとう。いただきます」

透哉はさっそくひと口頬張った。

「どうですか？」

透哉の口に合うだろうか。

ドキドキしながら咀嚼するのを見守る。

「ん……うん、ジンジャーソースが肉のうまみを引き立ててすごく美味いよ」

「よかった……！」

「このワインにも合うし、お世辞抜きで、今まで食べたローストビーフの中で一番好きだな」

　絶賛され、菜子は嬉しくてはにかんだ。

「ありがとうございます。喜んでもらえて頑張った甲斐がありました」

「君は相変わらず料理上手だな」

　その褒め言葉が、菜子の胸の内をもやつかせる。

（また、私の知らない私の話）

　仕方がないとは思う。

　菜子は忘れていても、透哉は覚えているのだから。

　けれど、記憶にないせいで、別の人の話をされているような感覚になる。

　彼が話しているのは自分の話題なのに。

（まるで、私を通して別の誰かを見ているみたい）

　ネガティブな気持ちは、一度持ってしまうとなかなか払拭できないもので。

　結局、食事中ずっと頭の片隅に住み着いてしまい、菜子はそれを打ち消そうとあえて明るい話題を振って笑顔を浮かべ続けた。

　……だが、食事後もそれは消えないままで。

「はぁ……」

洗いものを食洗器に入れ終わったところで、ほぼ無意識に溜め息が零れた。

「どうした？」

しかも、片付けを手伝ってくれていた透哉にもばっちり聞かれてしまい、菜子は苦笑いを浮かべる。

「いえ、なんでもないです」

誤魔化してみたものの、透哉の目を誤魔化せるはずがないうえ……。

「いいや、ある。食事中も笑顔がぎこちなかった」

悩み始めから透哉にバレていたことが発覚した。

「不安なことがあればなんでも言ってくれ。俺は君に、なにかを我慢させたまま結婚生活を送りたくはない」

真摯な瞳に見つめられ、菜子は観念して口を開く。

「ちょっと、複雑だなって思ってしまって」

「なにがだ？」

「透哉さんが以前の私の話をする時、私はそれを覚えてないので、自分の話なのに他人のことを聞いてるような心地になるんです。それが、なんだか寂しいというか……」

そこまで話して、菜子は自分の気持ちに気付いた。

（私は寂しかったんだ。透哉さんが、今の私を見ていない気がして）

心惹かれている人が別の人を想っているような、そんな嫉妬にも似た気持ちがあるのだ。

「なるほど。俺にとって菜子は菜子の感覚だが……。そうか、君も寂しかったのか」

透哉が「同じだな」と美しい眉尻を下げて淡く笑む。

「俺も、君と共有できない思い出があるのは、過去に取り残されているようで少し寂しいと感じる時があった。でも、前に言った通り、奇跡的に再会できたんだ。その寂しさごとひっくるめて、またふたりの関係を築けばいい」

前向きな透哉の言葉に、薄曇りの空のように陰っていた気持ちが晴れていく。

「はい。寂しさも、思い出せない過去も、全部ひっくるめて、今のふたりで新しい思い出を作っていけたら嬉しいです」

「思い出なら、再会した瞬間から増えてる」

透哉の言葉に菜子は「そうですね」と感慨深く頷いた。

マンションコンシェルジュ勤務初日の朝。

失った記憶の相手と知らず、視線を交わした瞬間から、ふたりの思い出は少しずつ積み重なっている。

「記憶喪失が判明したり、結婚したり？」

「ああ。そして今から指輪交換の思い出も増える」

そう言うと、小箱を手にした透哉はラテを呼び、菜子をリビングのソファに座らせて片膝をついた。

「ラテ、おすわり」

「ワンッ！」

ラテは指示通りにピンと背筋を伸ばして座り、透哉を見つめる。

「俺と菜子のキューピッドでもあるお前に神父役を任せる。ここで見守っていてくれ」

神父役と言われてもさすがに意味がわからないようで、ラテは不思議そうに小首を傾げた。

それが可愛くて、菜子は透哉と視線を交わして小さく笑い合う。

「ラテって、私たちのキューピッドなんですか？」

「俺が君と親しくなれたのは、ラテのおかげだからな」

里親になり、ラテを通じて院外でも会うようになった。

その進展がふたりを『医者』と『患者家族』という枠組から外したのだと透哉は語

り、ペアのマリッジリングが並ぶ小箱を開けた。

ラテが見守る中、指輪を手にした透哉は、王子が求婚するような体勢で菜子の白く華奢な手を掬う。

「菜子、この結婚で君に振り向いてもらえるよう、夫として尽くし君を愛することを誓おう」

結婚式さながらの誓いを立てた透哉が、菜子の薬指にそっと指輪をはめた。

菜子も新郎用の指輪を丁寧に取り出し、緊張の面持ちで透哉の男らしく骨ばった薬指に通す。

「私も、透哉さんの妻として精一杯支えると誓います」

まだ愛を誓えないのを申し訳なく思いながら。

すると、透哉の手が、菜子の手を優しく包む。

「君のその誓いはほどほどにな」

「え？」

「桜井さんの世話も、ラテの里親探しも、菜子は誰かを優先して自分をおろそかにしがちだ。だが、俺のために精一杯やらなくていい。俺は君に尽くされたいわけじゃない。ただ、愛されて、愛したいだけだ」

真っ直ぐな眼差しで愛を希《こいねが》われ、菜子は頬を染める。

「わ、わかりました。でも、妻としてすべきことはさせてください。一応、そういう契約ですし。あまり甘やかしてはダメですよ」

伝えると、透哉はラテの頭をひと撫でしてから菜子の隣に腰を下ろした。

体温まで感じそうなほど距離がぐっと近くなり、耳もとに唇が寄せらせる。

「いいや、甘やかす。蕩けるまで甘やかして、好きになってもらうつもりだ」

熱の籠った声で囁かれ、吐息が耳朶に触れ、甘い痺れが身体を駆け巡った。

口説くことを覚悟しろとは言われたが、菜子を見つめる瞳があまりにも色っぽくて、心臓が破裂しそうだ。

「あ、あの、真城先生。質問していいですか?」

甘い雰囲気と暴れる鼓動に耐えきれなくなった菜子は、透哉をおどけて呼び、話を逸らす作戦に出た。

しかし、羞恥に負けたのがバレているのだろう。

透哉は喉の奥で笑い、優しく目を細めて姿勢を戻す。

「どうぞ、照れ屋の俺の奥さん」

やはりすべてお見通しらしい。

かなわないなと思いつつ、菜子は身体を透哉に向けるように座り直した。

「三年前、透哉さんの告白を受けた私が、なんて答えたかはまだ教えてもらえませんか？」

折を見て話すと言っていたが、結婚した今なら話してもらえるのではないか。

そう思って尋ねたが、透哉は首を傾げた。

「逆に聞くが、どうして知りたいんだ？」

「実は、透哉さんと再会してから、色々と不思議に感じることがあって」

「例えば？」

「初めて名前を呼んだ時、すっと馴染む感覚があったり、記憶がないのに透哉さんのことが妙に気になったり。あとは、思い出したいって思えば思うほど、あなたに強く惹かれる心地になるんです。これって、以前の私の気持ちが影響してる……なんてありますか？」

以前の自分が透哉を強く想っていたから、こんなにも惹かれるのではないか。

ずっと抱いていた疑問をぶつけると、透哉は嬉しそうに双眸を細めた。

「俺のことが気になって、惹かれてるって？」

「えっ……あ……は、はい……そう、ですね」

うっかり医者に症状を相談するように素直に口にしてしまった菜子は、自分の気持ちを暴露してしまったと気付いて頰を赤く染める。

「そうか、それはいいことを聞いたな。希望が見えるとやる気も出る」

そう言うと、透哉は菜子の手を取って繫いだ。

直接伝わってくる透哉の体温が、菜子の体温と交ざり合い、さらに顔が熱くなった気がする。

「俺の告白に君がなんて答えたかだが、それはまだ教えられない」

「どうしてですか？」

「以前の君の答えに、今の君の気持ちが引っ張られるかもしれないからだ」

答えがイエスであれば好きだったという先入観、ノーなら好きではなかったという先入観。

どちらの答えにせよ、菜子は以前の自分の想いを通して、今の透哉を見るかもしれない。

「だから、答えは知らないまま、俺のことを見てほしい」

透哉のその願いは、不安に苛まれていた菜子の心を軽くした。

(透哉さんは、以前の私ではなく、今の私を見てくれてるのね)

ならば、菜子の返事はひとつだ。

「わかりました。ちゃんと、今の私で、透哉さんを見るようにします」

それに自分も知りたいと思っていた。

透哉といると込み上げてくる想いが、過去の自分のものか、今の自分のものか。

「それから、以前の気持ちが記憶のない今の君に影響を及ぼしているかどうかだが……」

ちょうど考えていた話題に透哉が触れて、菜子は興味深く彼を見つめる。

「ない、とは言い切れない」

（じゃあ、こんなにも強く惹かれるのは、以前の私が透哉さんを好きだったから？）

今の自分が純粋に惹かれているわけではない。

そう思ったら、この気持ちが偽物のような気がして落ち込む。

「感情は心臓が記憶する、という説がある」

「心臓にも記憶する機能があるんですか？」

「心臓は脳の神経細胞に似た細胞で作られている。だから、心で感じたものは心臓が記憶していて、心臓移植を受けた患者が、ドナーの記憶を引き継ぐ例も多数報告されている」

「テレビで見たことがあります。それでドナーのご家族に会えたとか……」

「そう。だから、記憶がなくても、その時の感情が今の君に影響を及ぼしてないとは言い切れない」

(……つまり、私の答えはイエスだった?)

そう尋ねても、透哉は答えないだろう。

だからなにも聞かず、もどかしい気持ちで「そうなんですね」と小さく頷き、左手の薬指で輝く指輪を見つめた。

五章　自分の気持ち

ドレッサーの鏡で、メイクをチェックし、ヘアアイロンで整えた髪を軽く撫でる。

「うん、オッケーかな。次は……」

服に合うアクセサリーを選びながら、菜子は昨夜の透哉とのやり取りを回想した。

『明日は、君と恋人になったらしたかったことをしたい』

就寝前、水分補給をしようと立ち寄ったリビングで、ソファに腰を沈め論文を読んでいた透哉がおもむろにそう言った。

結婚後、初めてとなる透哉の休日をどのように過ごすか。

それは、風呂に入りながら菜子が考えていたことだった。

『透哉さんのしたいことってなんですか？』

『色々あるが、とりあえず君の抵抗が少なそうなものからしようか』

菜子が抵抗感を持つその色々が気になるところだが、突っ込めば自分が困る展開になりそうなのでやめておいた。

（で、予約が取れたとかで午後から出かけることになったんだけど……）

恋人関係をすっ飛ばしての結婚なので、今日が初デートになる。

詳細は教えてもらえなかったが、夕食は外でとるらしい。

そのため、服はどんな店でも対応できそうなワンピースにした。

支度を終えてリビングに入ると、チェスターコートを手にした透哉が振り返る。

「支度できたか？」

「はい、服装はこれで大丈夫ですか？」

「ああ。というか、君は別にどんなのでも問題ない」

「どんな服でもいいところってどこですか？」

見当がつかずに首を傾げるも、透哉は「行けばわかる」と微笑し、ラテに留守番を頼んだ。

いったいどこに向かうつもりなのか。

車のキーを手にしたので、車で向かうようだが……。

疑問を浮かべながら透哉に続いて玄関を出る。

直後、菜子はぎょっと目を剝いた。

「真城先生ぇ、こんにち……は……」

運悪く、栗原と鉢合わせてしまったのだ。

いつものようにクールに「こんにちは」と会釈する透哉の後ろで、菜子はひとり青ざめる。

（まさかこのタイミングで……！）

透哉に好意を抱いている栗原には、結婚報告をしなければならないと思っていた。

そして引っ越しの日に話すつもりでいたのだが、栗原はあいにく旅行中で叶わず。

その後、始まったばかりの結婚生活に注力していたため、栗原のことがすっかり頭から抜けていた。

心の準備不足だが、こうなってしまったからには覚悟を決めるしかない。

理解されず、嫌われる覚悟を。

「こ、こんにちは、栗原様」

栗原が笑みを浮かべつつ、頬をひきつらせる。

「な、なんでぇ、コンシェルジュやめたはずの桜井さんが真城先生の家に？」

「俺たち、結婚したんです」

「け、結婚⁉　展開早すぎじゃないですか⁉」

先日、透哉との事情を栗原に説明はしたが、それでもやはり驚きは隠せないようで、いつもの猫撫で声を忘れたツッコミが入る。

「俺はずいぶんと待ちましたので、遅いくらいですよ」

「さ、桜井さんから聞きましたけど、彼女、記憶がないんですよね？　なのに結婚？」

ありえないとばかりに苦笑いした栗原を、透哉は射すくめるような冷たい眼差しで見る。

「結婚に大切なのは記憶の有無じゃない。というか、俺たちの結婚に口出しできるほど、あなたとの関係は深くない」

栗原は、患者家族で、同じマンションに住む顔見知り程度の関係。

外野は黙っていろと言わんばかりの冷め切った声で告げた透哉は、「失礼」と菜子の肩を抱いてエレベーターホールへと進む。

すれ違いざま、栗原が下唇を噛むのが見えて、菜子の胸がちくりと痛んだ。

栗原が本当に透哉を好きなら、かなり傷ついたはず。

だが今は、なにを言っても彼女の傷をさらに刺激してしまうだろう。

（また折を見て、今の私の気持ちや結婚の経緯について説明させてもらおう）

話せばきっとわかってもらえる。

そう信じて、菜子は透哉の愛車に乗り込んだ。

昼下がり、軽快に車を走らせて辿り着いたのは、オシャレの聖地、代官山《だいかんやま》。

右を見ても左を見ても、ラグジュアリー感のある店が並ぶ通りを歩き、やがて「ここだ」と透哉に連れられて入店したのは、トップブランドを扱うセレクトショップだ。

透哉はガラス張りの開放感溢れる店内を堂々と歩き、店員の元に向かう。

「いらっしゃいませ、真城様。本日はどのようなものをお探しですか？」

「彼女に合うものを見繕ってもらえますか」

「かしこまりました。では、二階のフィッティングルームへどうぞ」

そうして通されたのは、ソファやローテーブルが用意されたスペースだ。

どう考えてもＶＩＰ用のフロアに見える。

菜子は気後れしながら透哉と並んでソファに腰を下ろした。

ややあって、店員からタブレットを渡された透哉が、「これとこれ、それとこのセットアップも」と画面を見て指示する。

すると、すぐに数着の服が用意され、菜子はフィッティングルームに入るよう促された。

「え、あの、透哉さん？」

「これが俺のしたいことのひとつだ。悪いが付き合ってくれ」

服の試着が透哉のしたいことだというなら従うまで。

戸惑いはあるものの、まずは一着目の、繊細なレースがあしらわれた黒ワンピースを纏うことに。

その際、値札には普段菜子が着ているものよりゼロが一桁多く、思わず声が出そうになった。

（け、桁が違う！　試着するのも恐ろしい！）

間違って引っかけたりしないように、慎重にワンピースを着てフィッティングルームから出る。

透哉はうんと頷き、店員にワンピースに合うコートも持ってこさせた。

羽織ってみると彼は「いいな」と再び首を縦に振り、しかし他のも見たいと言うので二着目に着替える。

次は腰のリボンがアクセントになっている、ワインレッドのセットアップドレスだ。

ロング丈でエレガントに見えるが、菜子が選ばないタイプで見慣れない。

どうやら透哉のお眼鏡にも適わないようで、三着目を着ることに。

（わ、これ素敵かも）

裾がアシンメトリーになっているドット柄のワンピースは、ウエストのベルトが大振りで可愛らしく足長効果も抜群だ。

透哉の前に出て披露すると、双眸を大きくして笑みを見せた。

「よく似合ってる。それにしよう。これに合わせたコートと靴、アクセサリーもお願いします」

「かしこまりました」

そうして店員と透哉の見立てによりトータルコーディネートが終わると。

「このまま着ていきます。会計を」

（これ全部⁉　コンシェルジュの月給を軽く越えてますけど！）

さすがに高額すぎて尻込むも、これが透哉のしたいことだと言われた手前断れない。

満足そうに会計に向かう透哉に後ろ姿を見送り、菜子は鏡に映る自分を見つめた。

ふと、透哉が栗原に告げた言葉を思い出す。

『結婚に大切なのは記憶の有無じゃない』

確かに、大切なのは過去ではなく今と未来だ。

（でも、思い出せたらもっと幸せになれる気がする）

なにより透哉も喜ぶはず。

（だって、寂しいって言ってたもの）

『俺も、君と共有できない思い出があるのは、過去に取り残されているようで少し寂しいと感じる時があった』

ふたりでまた関係を築けばいいという考えには賛成だが、記憶はないよりある方がきっといい。

とはいえ、記憶がないことをネガティブに考えすぎてもよくない。

心臓が記憶している感情についてなど、もどかしさはあるが前向きにいこう。

気を取り直した菜子は、会計を済ませて戻ってきた透哉に笑みを向け、服を買ってもらった礼を伝えた。

店を出て代官山を少し歩いたあと、ふたつ目の『したいこと』のため、菜子は再び車に乗って高速を走った。

やがて到着したのは、大小様々なヨットが係留するマリーナだ。

夕刻迫る時間帯ゆえか、人の少ないマリーナは、潮騒をBGMに優雅でのんびりとした時間が流れている。

「ここが目的地ですか？」

「ああ、ここであることをする」

そう言って、透哉はハーバーフロントでなにやら手続きを済ませると、菜子を連れて一隻のクルーザーに案内した。

二十メートルはあるだろうか。

真珠のような艶と空色のボディーが爽やかなクルーザーから、スーツを纏った壮年のクルーが下りてくる。

透哉が名を告げると、クルーは海の男らしい浅黒い顔に皺を深めて微笑んだ。

「お待ちしておりました。ご準備は整っております。どうぞご乗船ください」

「ありがとうございます。菜子」

名前を呼ぶと共に、先に階段を上がった透哉が手を差し伸べて乗船をサポートしてくれる。

「したいことってクルージング？」

「正解だ。もっと詳しく言うと、貸し切りのサンセットクルーズディナーだ。帰船時には夜景も見られる」

「めちゃくちゃ贅沢コースじゃないですか！」

クルーザーを借り切るだけでも贅沢だというのに、さらにディナーまで楽しめて、夕陽と夜景まで眺められるなんて。

非日常すぎて、気後れしながらデッキを見渡した菜子は、目だけでなく口まで大きく開いた。

「広い……！　まるで家のリビングみたい」

開放感溢れるデッキには、白いソファとラタンのガラステーブルが設置されていて、モデルルームのようだ。

「中もすごいぞ」

透哉に言われてデッキの下の階に降りた菜子は、いよいよ言葉を失った。

そこにはレストランのようなラグジュアリー感たっぷりの空間が広がっており、奥には立派なアイランドキッチンまで見える。

菜子には縁がないので詳しくはないが、ホテルフロント時代に同僚から聞きかじった話によると、貸し切りクルージングで記念日などをお祝いできるプランがあるとか。

きっとこのクルーザーも、パーティーなどに対応できる仕様なのだろう。

「気に入った？」

「ハイレベルすぎてよくわからないです」

「それは喜んでくれてるってことでいいのか？」

「もちろんです。実は、クルージングディナーって憧れだったので」

学生時代、冬休みを利用して悠生とリゾートバイトをしていた時に、大型客船のクリスマスディナーの案内を見て、悠生と羨ましがった記憶もある。

むしろその時に憧れが芽生え、クリスマスでなくてもいいから、いつか経験したいと思っていた。

大切に想う人と一緒に、と。

「知ってる」

「え？」

「以前からクルージングディナーに憧れてると、君から聞いていた。だから、君と恋人になれたら招待するつもりでいたんだ」

ふたつ目の理由を透哉が明かすも思い出せず、菜子は眉尻を下げた。

「ごめんなさい、私全然覚えてなくて……」

「いや、いいんだ。というか、ラテの散歩中にした何気ない世間話だ。記憶を失ってなくても忘れてる可能性もある」

気遣うように透哉が微笑すると、汽笛が鳴ってクルーザーが出航した。

夕陽に染めあげられた海面を裂くようにクルーザーが進んでいく。

そんな極上の景色を窓越しに眺めながら、菜子は念願のクルージングディナーを楽しんだ。

シーフードを使った料理はどれも美味しく、とりとめのない会話をしながら食後のコーヒーまでしっかりと味わった。

やがて水平線に陽が沈み、藍色の空に星々が煌めくと、透哉に誘われてフライブリッジに上がる。

船の最上階であるブリッジからの景色は格別で、菜子はソファに座りながら感嘆の声を零した。

「すごい……。星空と夜景の両方が楽しめるなんて。透哉さん、こんなに素敵な時間を本当にありがとうございます」

「喜んでもらえてよかった」

隣に座る透哉が目もとを和らげる。

その距離が、指輪を交換した夜の近さと同じで、菜子は慌てて夜景へと視線を逸らした。

「でも、今日は透哉さんのしたいことをするはずなのに、私ばかりよくしてもらっている気がします。服を買ったのも私のだけですし」

てっきり透哉もどこかのショップで買い物をするのかと思ったのだが、そんな気配はまったくないまま今に至る。

「それでいいんだよ。俺は、君のために一式揃えた服を着てもらいたかったんだ」

「それって透哉さんは楽しくないじゃないですか」

「楽しいよ。俺の好きな人が俺の選んだ服を着てるんだ。俺の女って感じがして気分がいい」

独占欲を露わにした透哉の言葉に、菜子は落ち着かない心地になった。

（透哉さんてクールなのに恋愛に関しては情熱的よね）

紅潮する頬を冷やすような海風が菜子の髪を靡かせる。

「ところで、他にもまだあるんですか？　透哉さんのしたいこと」

今日のふたつで終わりなのか。

まだあるのなら、また別日に実行するのだろうか。

透哉の熱い恋心に胸をかき乱されないよう、質問を投げかける。

「ある。ふたりで浴衣を着て花火を見たいし、モルディブのプライベートビーチで、青い海と君を独り占めしたい。あとは……」

花火に旅行、次はなんだろうと興味深々に透哉を見ると。

「キスがしたい」

怖いほど真剣な、けれど熱の籠った眼差しに見つめ返された。

「それ、は」

「言っただろう？　ぬるい恋愛ごっこはしないと」

海風に少し冷えた菜子の手に、透哉の温かな手が重なる。

返事ができないでいると、透哉の顔がゆっくりと迫り……。

「だが、君が嫌がることはしたくない。だから、嫌じゃなければ目を閉じて」

（……嫌じゃ、ない）

そう感じた菜子は、愛おし気に細まる切れ長の目を見つめながら、そっと睫毛を伏せた。

間近で息を呑む気配がした直後、柔らかな唇がしっとりと重なる。

先ほどまで絶え間なく聞こえていた波音が遠くなり、代わりに、脈打つ鼓動の音がやけに大きく響いている。

啄むような優しいキスはいつしか角度を変え、深さも変え、気付けば呼吸まで奪われるような口づけに変化した。

「……と、やさん」

うまく呼吸ができず、熱を帯びた呼気と共に名を呼ぶ。

「そんな甘い声で呼ばれたら止まれなくなる」

艶《なま》めいた声で囁いた透哉は、必死に酸素を取り込もうと開いた菜子の唇の隙間から舌を侵入させた。

舌先が触れ合うと、菜子の身体がじんと甘く痺れる。

「好きだ」

絡め、吸われ、なぞられて。

透哉の深い口づけに酔いしれて、だんだん頭がぼうっとしてくる。

ようやく唇が離れた頃には、すっかり力が抜けてしまい、透哉の腕に抱きしめられるまま寄り添ってもたれた。

「君が欲しくてたまらない」

耳もとで乞うた透哉の唇が、口づけの先を強請《ねだ》るように耳朶を食んだ。

「っ……だめ、です」

「わかってる。君の気持ちを無視はしない。だが……」

透哉の唇が首筋を這って、熱い息がくすぐり、きつく吸い上げられる。

「俺のものだって証。これくらいは許してくれ」

服のことといい、やはり透哉は独占欲が強いらしい。

「指輪もあるんだから、それで証になるじゃないですか」

「それじゃ足りないし、指輪よりこっちの方が牽制の効果も高い」

「牽制？」

院長を牽制する意味かと一瞬考えたが、その場合は菜子がキスマークをつけないとならない。

逆の場合だと、いったい誰を牽制するというのか。

首を捻っていると、透哉がふと吐息で笑う。

「君が鈍感で本当に助かるよ」

「あ、今のは褒めてませんよね」

「いいや？　可愛いって意味だ」

耽美な声がそう告げて、これ以上の抗議は受け付けないとばかりに菜子の唇をまた塞いだ。

先ほどの続きだというように深いキスを与えられて、頬を紅潮させた菜子の思考はすぐに蕩け始める。

（キスが、こんなに気持ちいいなんて……。ううん、違う、キスが、じゃない。透哉さんとのキスだからかも）

口づけの快楽に勝る多幸感。

胸の内を満たしているそれは、相手が透哉だからだろう。

キスを許せたのも、もっとしていたいと思うのも透哉が相手だから。

そのことに気付いた菜子は、艶めいた声で名を呼ぶ透哉の背に、そっと腕を回した。

この想いが、今の自分のものか、確かめるように。


『いってきますのキスはしてもいいか？』

翌朝、出勤すべく革靴を履いた透哉が振り向き、期待に満ちた目で問うた。

この時断れなかったのは、透哉への想いが膨らみ始めていたからだ。

だから頷いて、喜ぶ透哉の軽やかな口づけを受け入れた。

（こうやってキスする回数が増えていったら、そのうち絆されて、あれもこれもと全部許してしまいそう）

透哉への気持ちをきちんと見極めなければならないというのに、彼の愛に絡めとられて判断が鈍る可能性は否めない。

この契約結婚で自分がすべきは、透哉の想いに応えるのではなく、彼への愛を確信すること。

ラテにご飯をあげながら考えに耽る。

（私は、透哉さんのことが好き？）

惹かれている。

魅力的だと感じている。

彼に口づけられると幸せに包まれる。

それらはどう考えても、好意を持っていることを示しているのだが。

恋愛感情が絡むと、どうしても失った過去にあったかもしれない透哉への想いについて考えざるを得ない。

この気持ちは本物か、偽物か。

いったいどうやったら見極められるのだろう。

溜め息を吐いた菜子を、食事中のラテが見上げて愛らしく首を傾げた。

「ごめん、うじうじと考えたって仕方ないってわかってるんだけど、つい、ね」

透哉が真剣に自分を想ってくれている分、菜子も適当にはできない。したくない。

（でも考えすぎてもだめよね。よし、仕事探ししよう）

契約期間はまだたっぷりある。

あまり悶々と悩み続けたくはないが、焦ってもいい結果は出ない。

自分の気持ちについては、ゆっくりと向き合っていけばいいだろう。

菜子は頭を切り替えるべく、スマホを手にして求人情報サイトを覗いた。

そうして、ホテルフロント業務の募集がないか画面をスクロールさせていたのだが。

（無理……！　集中できない！　これは外だわ！　少し早いけど、気分転換に夕飯の買い出しに行こう！）

家にいるのがよくないかもと、菜子はラテの散歩の準備と自分の支度を簡単に済ませて出発した。

悠生は休みなのか、仕事で離席しているのか。

コンシェルジュホールに彼の姿はなく、菜子と入れ替わりに戻ってきたコンシェルジュの女性に会釈をし、ロビーに降りる。

すると――。

「あら、詐欺師の桜井さんじゃない」

駐車場の通用口から出てきた栗原と遭遇した。

「詐欺師⁉　変なあだ名つけないでください」

「だって詐欺師じゃない。真城先生にうまいこと言って結婚にこぎつけたんでしょ？」

「違います。透哉さんは――」

住居と就職がうまく見つからず、困っていた菜子を助けてくれた。

結婚は世間体の考慮と互いのメリットによって……などと話すのは、偽装結婚と捉えられ、透哉の印象や立場を悪くする可能性が否めない。

なので菜子は、中途半端に言葉を切った。

「真城先生がなによ」

「いえ、なんでもないです。とにかく、結婚は双方ちゃんと納得して結婚しました」

透哉を騙してなんていないと栗原を真っ直ぐに見つめる。

すると栗原がにこりと笑む。

「そう。なら、お祝いしてあげる」

「え」

まさかそんな言葉をもらえるのは予想外で、菜子はつい栗原を凝視した。

「なによその反応。私が人の幸せを祝福できない人間だと思ってるわけ？」

「そ、そんなことはないです」

というより、判断できるほど菜子は栗原を知らない。

「てことだから、今夜のパーティーにぜひ参加して」

「もしかして、以前私が予約をお手伝いしたパーティーですか？」

コンシェルジュ勤務初日に頼まれたのを思い出して尋ねる。

「ええ、それよ。まあパーティーっていってもお堅いのじゃなくて、気軽に普段着で集まって飲んだりするだけだけど、桜井さんとは今後も仲良くさせてもらいたいしお祝いさせて」

「ありがとうございます！　ぜひ参加させてください」

しばらくはギクシャクするのを覚悟していた菜子は、栗原の誘いに喜び笑みを浮かべた。

「じゃあ、またあとでね」

手を振る栗原にお辞儀して別れ、胸を躍らせながらエントランスに出る。

さあ出発だと明るい気持ちでラテを下ろしたところで、箒とちりとりを持った悠生と遭遇した。

「悠生、お疲れ様」

「おう。散歩か？」

「うん。あ、ねえ聞いて！　今ね、栗原様に今夜のパーティーに誘われたの」

溢れる喜びを早く誰かと共有したかった菜子は、笑みを浮かべて報告する。

「へぇ、じゃあ気合入れてめかし込まなきゃだな」

「気軽なものだから普段着でいいって言ってたよ」

「ん？　今夜の栗原様の、だよな？」

悠生が確かめつつ、怪訝な顔で首を傾げる。

その様子が気になったが、ラテが早く行こうと言うようにリードを引っ張った。

「わ、わかったってば。ごめん悠生、またあとで！」

「あ、ああ。気を付けろよ」

「はーい、ママ！」

「ママじゃねぇ」

いつものツッコミをもらった菜子は、笑いながら散歩がてらの買い出しに繰り出す。

その後ろ姿を見送る悠生は「気軽なもの、ね」とひとり呟いた。


夕刻、食事の支度を済ませた菜子は、スマホを手にLINEを確認する。

透哉とのトークを開くと、『栗原さんに誘われて、マンションで行われるパーティーに少しだけ参加してきます』という菜子のメッセージの下に『了解。帰ったらパーティールームまで迎えにいくよ』という返信があった。

しかし長居をするつもりはない菜子は『大丈夫です。透哉さんが帰るまでには戻ります』とさらに返し、ラテの頭を撫でる。

「少しだけ行ってくるね」

「くぅん」

寂しそうに見上げるラテに「早めに帰るから」と声をかけ、菜子は家の鍵を手にして玄関の扉を閉めた。

――そして、パーティールームを訪れた菜子は、悠生が怪訝な顔をしていたわけをすぐに理解する。

ゲストたちは、皆めかし込んでいるのだ。

女性はセットアップドレスかワンピース、男性はジャケットに革靴。

どう考えてもドレスコードがある。

場違いだ。

菜子は踵を返そうとしたが、栗原に見つかった。

「桜井さん、ようこそ私のパーティーへ」

「あ、あの、私」

「やだ、なにその恰好。もしかして普段着って言ったの本気にしたの？」

栗原が大きな声で笑うと、ゲストたちがクスクスと肩を揺らした。

笑いものにされ、羞恥に顔がカッと熱を持って頷く。

「ご、ごめんなさい。私帰りますね」

「別にいいわよ。急だったし、私の友人たちはバカにしたりしないから。それよりほら、お祝いさせて」

栗原は楽しそうに菜子の腕を引き、カウンターに座らせる。

「美川《みかわ》君、この子にアレキサンダーお願い」

「りょーかいです」

自分と同じか年下か。

童顔の青年が微笑んでシェイカーを手に取った。

「美川君はBARを経営してるの」

「よろしく、可愛いお姉さん。よかったらお店にも来てください」

「は、はい」

名刺を渡されお辞儀する。

やがて、ミルクチョコレートのようなお酒が注がれた逆三角形のカクテルグラスが、菜子の前に差し出された。

栗原はシャンパンが揺れるグラスを掲げる。

「さあ、乾杯しましょ。玉の輿おめでとう、桜井さん」

嫌味混じりの祝いに、菜子は苦笑して「ありがとうございます」とグラスを軽く打ち鳴らした。

アレキサンダーと呼ばれるカクテルは、見た目通りカカオが香り、まるでケーキを食べているような甘さがある。

「これ、初めて飲みましたけど美味しいですね」

「女性が好きな味よね。さぁ、お祝いなんだからぐいっと飲んで。他にもお勧めしたカクテルがあるのよ」

急かされて、菜子は慌ててカクテルを喉に流し込んだ。

（量は多くない、けど、度数は高そう）

鼻から抜けるアルコールが熱い。

飲みすぎないように気を付けなければ。

そう思っても、勧められた二杯目のカクテルもなかなかの度数のようで、飲み干した頃には視界が揺れていた。

「次はさっぱりとしたシンガポールスリングよ。私も好きなの。美川君、私にもちょうだい」

「はーい」

夕陽のような赤色のカクテルで、三度目の乾杯をする。

半分ほど飲んだあたりで限界を感じた菜子は、「ちょっろ、すみません」と呂律の回らない口で言って席を立った。

「なぁに、桜井さんってお酒弱いの？」

クスクスと栗原が笑う。

彼女がなにか言ったのはわかったが、うまく聞き取れない。

ただ、このままでは危ない気がする。

帰らなければ。

「あら、もうギブアップなの？　しょうがないわね」

フラフラしながら出口を目指して歩くと、見送ってくれるのか、栗原はブランド品のブレスレットが着いた腕を菜子の腕に絡めて扉を開けた。

廊下に出ると、耳もとで優しく囁く。

「ねぇ、桜井さん。真城先生の妻は、あなたでは身の丈に合わないと思わない？」

「……そ、れすね」

容姿端麗でエリート脳外科医の透哉と、どのスペックも平凡な自分。

つりあっているかと言われればノーだ。

そんなのはわかっている。

どうして自分なんだとも思う。

だが、恋は理屈ではないとよく聞くし、実際そうなのだろう。

だから、自分は透哉と結婚できたのだ。

「ほんと、奇跡れす」

記憶を失っても再会して、想われて、結婚して。

けれど、与えてもらってばかりだ。

彼が望む想いを返せず、彼と紡いだ思い出を共有できず。

申し訳ない気持ちが溢れて止まらない。

「なのに、透哉さんの望みに答えてあげれてないんれす」

「それなら、離婚するのはどう？」

「りこん……」

「あなたより経営者を父に持つ私の方が相応しいもの。だから離婚して。私が彼を幸せにしてあげる」

栗原の方が、透哉の結婚相手に相応しい。

確かにつりあいは取れている。けれど——。

「ふふ、来ると思った」

突然、栗原が菜子の背後を見て笑った。

振り返ると、よく知る幼馴染が立っている。

「……ゆう、せい？」

彼はなにも言わず眉を寄せ、瞳を揺らし、菜子を見つめるだけ。

「こっちは予定通りにしたわ」

とん、と栗原が菜子の肩を押す。

足元の覚束ない菜子はふらついて後ろに倒れそうになったが、悠生が支えてくれた。

「あとはそっちで好きにしてちょうだい」

いったい、なんの話をしているのか。

酒で泥酔した頭では考えられず、悠生がいるという安心から気が抜けた菜子は、急激に睡魔に襲われて。

「ごめ……ゆうせ……迷惑……」

謝罪の言葉がすべて紡がれる前に、菜子の意識は沈んだ。

頬の上を滑る指の感触に、菜子は睫毛を震わせる。

「ん……」

自分はいつの間に寝てしまったのか。

まだ頭がぼんやりとする中、重たい瞼を持ち上げる。

すると、自分を見下ろしている悠生と目が合った。

（そうだ……私、お酒いっぱい飲んで……いつの間にか寝ちゃったのね……）

朦朧としながら視線を動かした菜子は、ここが自分の部屋でベッドに横になっているのだと気付く。

きっと悠生が運んでくれたのだろう。

彼が通りがかってくれなかったら、栗原の言葉で弱気になり、うっかり離婚すると口走っていたかもしれない。

そんなことになったら、言質を取ったと言われて色々と拗れた可能性もある。

「悠生、ありがと……」

礼を述べると、頬に触れている指がピタリと止まった。

そういえば、どうして悠生は自分に触れているか。

今まで、こんな風に彼に触れられたことがなかった菜子は、いつもと違う雰囲気を感じ取って瞬いた。

「悠生……？」

ベッドに腰掛け、自分を見つめる悠生の瞳が、ゆらゆらと不安げに揺らいでいる。

――なにかおかしい。

なんとなくそう感じた時、悠生が口を開く。

「お前、疑いもしないのな」

「……なにが？」

「俺が、お前に下心を持ってるって」

ぎしりとベッドが軋んで、悠生が菜子に覆いかぶさった。

「ゆ、夢……？」

「夢だと思うくらい信じられない？　だよな。お前は俺を男として意識したことないもんな。だから、俺がお前を好きだなんて、これっぽっちも想像してない」

思い詰めた、けれど熱っぽい瞳に射すくめられ、菜子はうまく回らない頭で必死に言葉を受け止める。

(悠生が、私を好き？)

聞き間違いではないか。

信じられず、言葉を返すことができないまま耳を傾ける。

「意識されてないから告白したって玉砕するのは目に見えてたし、何度も諦めようと思った。お前にとって家族みたいな存在だとしても、誰よりも信頼してくれてるならそれでいいって思おうとした。でも、無理だわ」

悠生は瞳を潤ませ、眉根を寄せて。

「望みがないってわかってても、バカみたいにお前が好きで諦めきれなくて……あげく、栗原様の誘いに乗ってお前を手に入れる方法を選ぶなんて」

自嘲し、罪による痛みを堪えるように菜子の肩口に額を落とした。

「俺、お前を好きすぎて、本当にバカになったみたいだ」

涙混じりの声で吐露された想いに、菜子は静かに息を呑む。

冗談でも夢でもなく、悠生に告白されている。

家族のように信頼している悠生に。

「あ、の、私、悠生にそういう対象で見られてると思わなくて」

「だろうな。俺も、お前との関係を壊したくないから、言葉はある程度選んで接してきたし」

「本当に、全然気付かなくて……ごめんなさい」

自分が意識をしていなかっただけでなく、悠生が気を使ってくれていたから、菜子にとって心地のよい関係を保てていた。

それはつまり、悠生に我慢を強いていたということ。

なにも知らず、気付かず、無神経に。

「私きっと、悠生にひどいこと言ってたよね」

「そうだな。鈍感なお前の反応に、何度落胆したか。でもそれは、いつまでも告れなかった俺も……悪、い……」

話しながら、肩にもたれていた頭を上げた悠生の声が尻すぼんでいく。

どうしたのだろうと彼を見ると、視線が自分の首筋に注がれていた。

彼の指が、首筋にかかっている髪を避ける。

「は、はは……お前、契約とか言ってたけど、なんだかんだやることやってんのな」

悠生は低い声で「むかつく」と呟き、首筋に唇を押し当てた。

「えっ……やっ、だ……！」

ぐっと悠生の肩を摑んで押し返そうとするが、酔いのせいか力が入らない。

「なんで？　好きでもないやつにキスマつけさせせんのに、俺はダメなのかよ？」

そうだ、どうして悠生はダメで、透哉なら許せるのか。

「頼むから、他の男じゃなくて俺を見てくれよ……」

切なく懇願する唇が近づく。

（だめ、だ。抵抗しないと。だって私は……）

脳裏に透哉の姿が浮かんだ時だ。

「菜子から離れろ」

突如、怒気を孕んだ声が聞こえ、ハッと目を見開いた悠生が襟首を掴まれてベッドから引きずり降ろされる。

「いっ……てぇ……」

いつの間に帰っていたのか。

底冷えするような目をした透哉は、床に転がる悠生の胸倉を掴んで立ち上がらせた。

菜子は、手を支えにふらふらと上半身を起こす。

「透哉、さん」

「大丈夫か？」

「はい。あの、乱暴しないであげてください」

「君に乱暴しようとしていた男なのにか？」

「私のせいだから」

彼の気持ちに気付かず、傷つけたのは自分だ。

「確かに君は鈍感だが、だからといって君のせいではない」

フォローされているのかいないのか、微妙な返答をした透哉を睨み上げる悠生が鼻で笑った。

「そうですね。悪いのはあんただ」

「……どういう意味だ？」

「あんたと結婚したせいで菜子は嫌がらせされてんだよ」

「嫌がらせ……？」

眉間に皺を寄せた透哉が菜子を見る。

「なにがあった？」

「い、いいえ、嫌がらせというか、強いお酒を飲まされてしまっただけで」

心配をかけたくない。

だから栗原の件は黙っておきたかった。

ただでさえ、彼には与えられてばかりなのだから、ライバルとのごたごたくらいは自分で対処したい。

そう思い、離婚しろと迫られたことは話さないでおいた。

すると悠生が溜め息を吐く。

「尽くし魔の菜子は、こうやってすぐひとりで抱えて頑張ろうとするんです。それに気付いてやれず守れないなら菜子を幸せにできない。だから今すぐ離婚してください」

真っ直ぐに対峙する悠生の願いを、透哉は小さく笑って一蹴し、摑んでいた手を離した。

「菜子を傷つけようとした君がよく言う」

「それは……」

返す言葉もないのか、悠生は唇を引き結んだ。

「──家族のように慕う幼馴染がいる。三年前、そんな話を菜子から聞いていました。そして、その世話の焼きっぷりから、そこに好意があるような気はしていた」

当時は会ったことがないはずの透哉まで気付いていた。

菜子は自分の鈍感さに嫌気がさし、ずんと落ち込んでひとり項垂れる。

「察してくれてたなら引いてくださいよ」

「引くつもりはないから動いたんだ。傍にいながらなにもしない臆病な君に、万が一にも動かれる前に。だが今回は動いてくれたおかげで菜子と結婚できた。そこは感謝だな」

「契約だろ。契約結婚のくせに、なにキスマつけてんだよ。無理矢理したんじゃないだろうな」

今度は悠生が、透哉の胸倉を摑んだ。

「俺は君とは違って彼女の嫌がることはしない。結婚も同意の上でした。キスも、彼女の許しを得てしている」

「っ……」

それまでずっと動揺などしなかった悠生の瞳がついに揺れる。

透哉は悠生の手を払ってネクタイの位置を直した。

「さっき君は、俺とじゃ菜子は幸せになれないと言ったが、それは菜子が決めることだ。君じゃない」

きっぱりと言い放たれた悠生は、両手の拳を強く握り込み、そして。

「なら俺は、俺を選んでもらえるよう努力するまでだ」

菜子を見て告げると、部屋を出て行った。

玄関で扉が閉まる音がして、透哉が長い溜め息を吐く。

「菜子」

じろりと鋭い視線を向けられた菜子はビクッと肩を跳ねさせた。

「は、はい」

叱られると思ってしゅんと俯いたのだが。

「色々と聞きたいが、今はまだつらいだろ。少し休んでて」

またあとでゆっくり話そう。

優しい声色で気遣われた菜子は、申し訳ない気持ちに押し潰されそうになりながら頷いた。

言われた通りベッドに仰向けになると、ぐわんと視界がうねって自分がまだ酔っているのを自覚する。

（……悠生が、私を好きだったなんて）

学生の頃から友人たちに何度かからかわれることはあった。

実は付き合ってるんじゃないかと噂もされた。

だが、悠生はそんなんじゃないと言って笑った。

だから素直に受け取って、自分も笑っていた。

けれど、好意を持っていてくれたというなら、納得できることは多々ある。

彼女ができてもすぐに別れる理由が『やっぱり違う気がして本気になれない』のも、菜子に気持ちがあったからなら。

居候の提案をされた時も、ずっといてもいいと言っていたのが彼なりのアピールだとしたら。

『何年経っても相変わらずなお前に絶望した溜め息だよ』

あのセリフもそういう意味だったのでは。

「鈍感すぎて死ねる……」

酒気を帯びた罪悪感たっぷりの息を吐いた菜子は、ひとまず心を落ち着けようとベッドから起き上がり、リラックスの場である浴室に向かったのだった。

——穴があったら入りたい。

バスローブに身を包んだ菜子は、ベッドで仰向けになりながら、火照った顔を手で隠していた。

「菜子、水持ってきたぞ」

「ありがとうございます。そこに置いておいてください……。というか、迷惑ばかりかけてごめんなさい」

「別に迷惑だと思っていない。風呂で倒れてる君を見つけた時は焦ったが、大きな怪我がなくて良かった」

そうなのだ。風呂でリラックスしようとした菜子は、心の整理をつけようと湯船にゆっくりつかっていた。

だが、うっかり長湯してのぼせたあげく、まだ酔いが回っていたのもあり洗い場で転倒。

その物音に気付いて透哉が駆けつけてくれたのだが……。

（ああ、もう絶対見られた……）

自慢できるようなナイスバディでもなんともない、ごくごく平凡な裸姿を。

透哉は『怪我はないか？』と冷静にバスローブをかけてくれたが、ほんのりと頬が赤く染まっていたのは気のせいじゃないはず。

（よりによってなんで今日なの）

酔わされて悠生に迫られたうえ、のぼせて転ぶなんて。

迷惑ばかりかける己の不甲斐なさに「うう」と嘆く。

すると「大丈夫か？」と気遣わし気な声が聞こえて……。

「んんっ⁉」

突如、唇が重なって冷たい水を口移しされた。

菜子はこくりと喉を鳴らしながら目を丸くする。

「はっ……ど、どうして」

「看病だよ。起きるとふらついて危ないかもしれないだろ?」

だからといって方法がおかしいですと言いたくても、再び口移しで水を与えられては抗議もできない。

透哉が、菜子の濡れた唇を指で拭う。

「まだいるか?」

「も、大丈夫です」

これ以上は恥ずかしいので勘弁してほしい。

やんわりと断ると、透哉は「残念」とからかうように零し、ペットボトルをベッドサイドテーブルに置いた。

もしかして、看病にかこつけてキスをしたかったのか。

いや、迷惑ばかりかける菜子へのお仕置きかもしれない。

「体調はどうだ? 吐き気はないか?」

「大丈夫そうです」

透哉のおかげで酔いも火照りも少し落ち着いてきているのを感じ、菜子は微笑した。

「ならよかった。それじゃあもう少し休んでるといい」

そう言って腰を上げた透哉の手を咄嗟に摑んで引き止める。

「あの、私はもう平気なので、少しお話しませんか？」

さっきから透哉は気を使って追及せずにいてくれているが、本当は悠生とのことを気にしているはずだ。

あまり長く心配をかけ続けたくないし、自分もしっかり向き合わねば。

そう思い、菜子は自分から切り出した。

「無理してないか？」

していないと頭を横に振ると、透哉は再びベッドに腰を下ろす。

「ありがとう。じゃあ話そうか」

菜子はゆっくりと起き上がり、改めて透哉と視線を合わせた。

「そうだな……まずは、加納さんについてだが」

「はい」

悠生の名が出て、菜子の背筋が伸びる。

「ふたりの関係に俺があれこれ口出すべきではないと思ってる。だが、菜子には警戒心を持ってほしい」

「はい、反省してます。悠生の気持ちに気付くチャンスはたくさんあったのに、本当……鈍感すぎですよね」

「かなり鈍感だな。まあでも、そんなところも可愛いが」

「あ、甘やかさないでください……」

バスローブの胸元の合わせを直しながら俯くと、透哉が小さく笑った気配がした。

「とはいえ、君がどれだけ彼を信用していたかもわかる。だから彼には少し同情するが、君に触れたのは許せない。どうか二度と同じことがないようにしてほしい。それが俺の願いだ」

いつもより厳しい口調と真摯な瞳で願われて、菜子はしっかりと頷いた。

「さっき、お風呂で考えたんです。悠生とちゃんと話し合って、謝りたいって。うまく話せるかわからないけど、二度と同じことがないように、悠生と話します」

もう二度と、悠生も透哉も、傷つくことがないように。

「ああ、頼む。なにかあれば遠慮せず相談してくれ。それからもうひとつ、嫌がらせの件だが」

「あ……それは、たいしたことじゃないので、気にしないでください」

微笑して誤魔化してみたものの、透哉に引くつもりはないらしい。

「気にする。君がなにかに心を痛めているなら取り除きたい。だから話してくれないか？」

頬を大きな手で優しく包まれて、菜子は鼓動を高鳴らせながら透哉を見つめ返した。

悠生が知っているのに透哉は知らない。

それは、菜子を想う彼にとって気分がよくないことのはず。

悠生の件もあるのであまり心配をかけたくなかったが、こうなっては話さない方が心配をかけるだろう。

告げ口するようで忍びないが、話すなら自分の口から話したい。

菜子は意を決して口を開く。

「パーティーで言われたんです。私は、あなたに相応しくないって」

「……栗原さんに？」

小さく頷いた菜子は、弱々しく苦笑した。

「でも、どうして私なんだろうって、自分でも思いますから」

自分は栗原のように容姿も家柄もいいわけじゃない。

縁談を進めたがっていた病院長の娘もきっとそうだろう。

どちらの女性も、自分が透哉の隣に並ぶよりもうんと相応しいはず。

「どうして、なんて、君と出会ってしまったからに決まってる」

断言した透哉は片腕で菜子を抱き寄せ、ほんのりと赤らむ頬を慈しむように撫でた。

「君と出会い、君の愛らしい笑顔に心を奪われ、温かな心に癒やされた俺は、君以外を好きになれなくなった」

透哉にとって、菜子は唯一無二の存在。

心からそう想っているのだと感じられる、愛に溢れた眼差しが菜子の不安を溶かしていく。

その真摯な想いは、先ほど悠生に迫られた時に花開き始めた、透哉への想いに降り注ぐ日差しだ。

「君がいいと、俺が選んだ。相応しい相手を俺以外の誰かに決めつけられるのは心外だな」

彼女にはひとこと言っておいた方がよさそうだ。

そう続けた透哉は、不機嫌そうに眉を上げた。

「それだけあなたを好きなんだと思います」

「だが、そんなやり方で俺の心が傾くわけがないのは誰が見てもわかると思うが」

「そうですね。だけど恋は、人から正常な判断を奪うものですから」

恋は人を狂わせる。

そんな名言があるように、相手への想いが大きいほど、夢中になりすぎて自分の中の理性や常識を失ってしまう。

普段なら考えられない愚かな行為に及んでしまうのも恋心ゆえだろう。

先ほどの悠生もきっとそうだ。

栗原が関わっているようだが、そもそも菜子が彼の気持ちに気付けず傷つけ続けた結果、今回のようになったはず。

でもそのおかげで、気付けたことがある。

透哉の瞳を見つめ返しながら、菜子はしゅっとした彼の頬に手を添えた。

すると透哉は委ねるように自ら頬を寄せ、甘く目を細めて微笑する。

その瞬間、胸がキュンと締め付けられて、鼓動が早鐘を打つ。

「透哉さん、私が今ドキドキしてるのは、心が記憶しているっていう感情の影響だと思いますか？」

「それは、君にしかわからないことだ」

確かにそうだ。

例え、透哉の告白にイエスと答えていても、どんな感情を抱いていたかを知るのは自分のみだ。

「だが、今君が感じているものはすべて君のものだ。過去も、今の君のもの。だから余計なことは考えずに、今、君が感じている気持ちだけ教えて」

強請る透哉が、菜子の手のひらに口づける。

(今、私が感じている気持ち……)

心の中で反芻していると、透哉の顔がゆっくりと近づいてくる。

額に、頬に優しいキスが落とされて、気持ちを確かめるように目を閉じると、唇がそっと重なった。

その直後、胸の内に湧き上がる多幸感。

透哉と口づける度、幸せな心地に包まれるのはなぜか。

悠生ではダメで、透哉ならいい理由。それは――。

「透哉さんが、好き」

キスの合間、囁くように伝えると、透哉の唇が小さく震えた。

(過去も、今の私のもの)

本物だとか、偽物だとか。

そんな風に区別しなくていい。

心臓が記憶している感情も、すべて自分のものだという透哉の言葉を思い返し、失った記憶を含めた今までの自分を受け入れる。

「菜子、もう一度言って」

鼻先が触れ合う距離で見つめられ、乞われる。

「好き」

口にすればするほど恋情が明確になり、ようやく訪れた春を喜んで咲く花のように、菜子の心は透哉への愛で満たされていく。

「好きです、透哉さ……っ」

想いを紡ぐ唇が、透哉の熱を帯びた唇に噛みつくように塞がれた。

「ああ、ようやく……」

感極まった声を漏らし、何度も角度を変えて重ねられる。

「俺も……俺も君が好きだ」

菜子、と吐息交じりの甘い声に呼ばれ、深く口づけられてしまえば思考はあっという間に蕩けていった。

優しくベッドに押し倒され、何度も角度を変えて唇を重ねていると、醒めつつあった酔いが、再び回るように身体が熱を帯びていく。

やがて、透哉の指先が脇腹に這い、菜子はくすぐったさに身を捩った。

「そこ、ダメです」

「くすぐったいか？」

こくりと頷くと「なら、どこならいい？」と耳もとで囁かれる。

「どこまで、君を求めていい？」

（そんなの聞かないでほしい）

好きな人なら、透哉なら、どこまででもかまわない。

菜子は透哉の背に腕を回し、耳もとに唇を寄せて囁き返す。

「全部、です」

愛しい透哉にならすべて捧げられる。

だから、もっと感じさせてほしい。

温もりを分け合いながら、透哉が好きだと。

「後悔しないか？」

「しません。あなたなら、私の心と身体だけじゃなく、人生を捧げたってかまわない」

連絡が途絶えてからも想い続けて、記憶のない菜子でもいいと言ってくれた優しい透哉なら、後悔なんて微塵もしない。

本心のままに告げると、透哉が伸し掛かって菜子の首もとに顔をうずめるようにぎゅっと抱きついた。

「透哉さん？」

「今、見せられないくらい、嬉しくてにやけてる」

「ふふ、どんな透哉さんもかっこいいですよ」

にやけ顔の透哉を見たいけれど今は我慢しよう。

これから先、ずっと一緒にいれば、また見られるチャンスはあるだろうから。

「菜子……。さっきの言葉は、契約ではなく、本当の妻になってくれるって捉えていいのか？」

「はい、私を、透哉さんの本当の奥さんにしてください」

抱きしめて願うと、顔を上げた透哉からまた口づけられた。

「明日の朝、酒に呑まれた勢いだったと撤回されても聞かないからな」

酔いのピークはとうに越えている。

だから覚えてない事態には陥らないと確信し、菜子は「撤回なんてしません」と誓った。

「それに、お酒の勢いじゃないですよ」

酔って流されているわけではない。

「私は、ちゃんと透哉さんが好きです。だから、私の全部をもらってください。

続くはずの言葉は最後まで紡げず、透哉の口づけに遮られた。

「疑って悪かった。菜子の気持ちも言葉も信じるよ。後悔もさせない。必ず君を幸せにする」

好きだ——。

甘く囁いたのを最後に、透哉は瞳に本格的な欲を宿した。

——衣擦れの音に、ふたりが零す吐息が重なる。

バスローブの裾から入り込んだ透哉の指が、陶器のように滑らかな肌を這い上がっていく。

それだけで、菜子の肌は粟立ち、あえかな声が零れた。

すべて求めてもいいと言ったが、それでも緊張から身体を固くする。

そんな強張りに気付いた透哉は、優しい口づけを唇に降らせた。

心配ない、怖いものなどないと宥める唇に安堵し、受け入れた指に翻弄され、いつしか菜子の甘い嬌声に部屋が満たされ始めた頃、ふたりは一糸纏わぬ姿で汗ばむ身体を繋げた。

　ひとつになった瞬間、透哉への愛しさが込み上げて、涙が一筋溢れる。

「つらいか？」

「違うんです、嬉しくて」

　もちろん、繋がる痛みもある。だが、それよりも感じるのは。

「私、自分で思うより透哉さんを好きみたい」

　透哉と心ごと繋がれた。

　愛し合うことができた。

　それがこんなにも嬉しく、幸せに思えるなんて。

「みたい？　そこは好きって言い切ってほしいな」

　言ってくれと懇願するように、ゆっくりと突き上げられて、菜子は嬌声を漏らす唇で想いを紡ぐ。

「好きです、大好き」

「俺も好きだよ。君は俺だけのものだ。誰にも渡さない」

　吐露された独占欲を示すかのように揺さぶりが強くなると、口づけが荒々しいものへと変化した。

ベッドが軋む度、甘い衝撃が襲い菜子を追い立てる。

次々と穿たれる透哉の深く熱い激情を、菜子は首に腕を絡めて必死に受け止めた。

「と、や、さん」

「菜子……愛してる」

蕩けた視線を絡ませ、互いに名を呼び合い、愛を囁き合う。

ようやく結ばれたふたりは、ほんのひと時も離れるのを惜しむように、甘い甘い幸福に溺れ続けた。

六章　忘れたくない人

朝、目覚めた菜子が一番に目にしたのは、腕枕をして穏やかな寝息を立てる透哉の顔だ。

（寝顔までかっこいい）

キリッと美しい眉、線を描くように揃った長い睫毛、すっと通った鼻梁、口づけたくなるような形のいい唇。

どこもかしこも魅力的な透哉の寝顔を眺めていると、瞼が震えてうっすらと目が開いた。

ぼんやりとした双眸が菜子を見つめたあと、はちみつのように甘くとろりと微笑む。

「おはよう」

「おはようございます」

見つめ合っているのがなんだか恥ずかしくなり、透哉に抱きつくと歓迎するように抱きしめられる。

「身体はつらくないか？」

「大丈夫ですよ」

とはいったものの、正直なところ疲労は感じている。

特に下半身が怠い気がするのは、おそらく昨夜たっぷりと愛されたからだろう。

(……透哉さんは疲れてないのかな)

長時間のオペも対応できるよう、体力づくりを普段からしているらしい透哉の身体は程よく筋肉がついている。

今、菜子を抱きしめている腕も引き締まって逞しい。

「身体まで完璧なんて、神様は不公平だわ」

「それは俺のことか?」

「えっ、声に出てました?」

心の中で思ったつもりだったので驚くと、透哉がくすくすと笑う。

「ばっちりな。愛する奥さんに褒めてもらえて嬉しいが、俺から見たら君の方が完璧だけど」

「透哉さん、女の趣味だけは完璧じゃないんですね。安心しました」

「なにを言う。俺は人を見る目はある方だ」

透哉はそう言って、菜子の腰に添えていた手を頬に添える。

「血色のいい愛らしい顔、華奢で料理上手な手、触りたくなる白い肌に、抱き心地のいい身体」

指が頬から腕、手、腰へと移って再び抱きしめた。

なにも纏っていない互いの肌が触れ合って、体温をダイレクトに分け合う。

幸せを感じる温かさだが、昨夜の行為を思い出してしまい気恥ずかしい。

「そうやって恥ずかしがるのも可愛いし、笑顔は俺の心を和ませてくれるし、それから努力家で」

「も、もういいです！」

好きや愛しているという言葉より、細かに褒められる方が恥ずかしい。

しかも寝起きですらすらと出てくるのが、日頃本当に思っているのだとわかってなお羞恥が襲う。

「そうか？　ああ、確認だが、酒のせいで昨日のこと忘れてるってオチは？」

「ないです。ちゃんと覚えてますよ」

覚えてなかったらこんな落ち着いて会話していない。

今頃大慌てで、頭を抱えているはずだ。

「俺を好きだって言ったのも？」

「奥さんにしてほしいって言ったのも？」

「覚えてますよ」

今もその気持ちは変わらず、むしろ身体を繋げたことで深まった気がする。

「覚えてます」

「俺とセックスしたのも？」

秘密を共有するように囁かれた直接的な言葉に、頬がじわっと熱くなる。

「覚えて、ます」

「菜子のベッドで一回、風呂でもう一回、寝る前に俺の部屋でもう一回？」

「寝る前は二回でした」

最後は直接菜子を感じたいと甘く乞われて、薄い隔たりを取り払って愛し合ったのでよく覚えている。

「本当だ、ちゃんと覚えてるな。何度もした甲斐があった」

どうやらわざと間違えたらしい。

いや、それよりも。

「忘れないようにあんなにたくさんしたんですか？」

「まあ、半分は」

「もう半分は？」

尋ねると透哉は起き上がって菜子に覆いかぶさる。

「乱れた君がすごく可愛いから、歯止めがきかなかった」

そう言うや、菜子の耳朶を食んだ。

大きな手に、昨夜の甘さを持って胸の膨らみを撫でられると、眠りと共に静まったはずの快楽が目覚めかけ、菜子は慌てて透哉の逞しい胸板を押す。

「だ、ダメです。遅刻しちゃいますよ」

窘めると、透哉は「少しくらい平気……」と言いながら、ベッドサイドに置かれているデジタル時計をちらりと見た。

「じゃないか。今日は俺が執刀する術前カンファレンスがあるから、早めに行って色々確認しないとダメか」

夜まで我慢だなと零した透哉は、菜子に軽い口づけを落とし、バスローブを羽織ってベッドから降りた。

菜子も朝食の準備をすべく、ベッドから出ようとしたのだが。

「あ」

「どうした」

「その、服がなくて」

「ああ、バスルームからタオルを被せて連れてきてからな」

そのタオルも運ばれる途中で落ちたのか見当たらない。

困っていると「ならこれを使ってくれ」と、透哉が部屋着として使用しているパーカーを渡された。

「ありがとうございます」

オーバーサイズデザインなので、お尻まですっぽり隠れるだろうと予想しつつチャックを閉める。そうして立ち上がると、丈が太腿の中間あたりまであり、ワンピースのようになった。

(学生の頃はこうやって着たかも)

ショートパンツとだぼだぼのパーカーを部屋着にしていたのを思い出していると、なにやら視線を感じて顔を上げる。

すると、真面目な顔をした透哉と目が合った。

「俺は今、君にそれを貸したのを後悔している」

「えっ！　す、すぐに部屋で着替えて返しますので」

「いやそのままでいい。なんなら今日は一日家にいてそれで過ごしてくれ」

「えっと……？」

「キュン死にってやつだ」

どうやらエプロンに続き、彼の萌えポイントに響いたらしい。

彼シャツならぬ、彼パーカーといったところか。

「今日はお買い物に行く予定なので……」

「じゃあまた夜に。そうだ、今夜も一緒に風呂に入ろう」

「な、なにもしないなら」

「それは約束できない」

笑顔で言われて苦笑いしていると、ラテが部屋の扉をかりかりと引っ掻く音がした。

透哉はドアノブに手をかけ、ラテを部屋に入れてやる。

「ラテ。おはよう。昨日はドアを締めて悪かった」

いつもは開けっ放しして一緒に寝ているのだが。昨夜はふたりの時間を優先するために締めておいたのだ。

ラテがご飯をねだって菜子の足もとで回る。

「おはようラテ。すぐに用意するね。透哉さんの朝食も用意しておきますね」

「ありがとう。俺は軽くシャワーを浴びさせてもらうよ。……ああ、そうだ。もうひとつ確認だが、彼とはいつ話す？」

着替えのシャツを手にした透哉が、菜子を見ないまま静かに問うた。

感情の起伏を感じさせない声色は、あえて冷静であろうとしているようにも思えて、菜子は申し訳ない気持ちになる。

「今日、会ってもらえそうなら話そうと思います。昨夜のことは栗原さんも絡んでいたようなので、なにがあったのかも聞かないとですね」

「そうだな。だが、昨夜も言ったが警戒はしろよ。また菜子が俺以外の男に押し倒されてるのを見るのはごめんだ」

「ふたりきりにならない場所で話すつもりです」

悲しいが、もう『悠生なら大丈夫』とは言えなくなった。

なので、透哉の言う通り同じことが起きないように気を付けなければならない。

「それなら大丈夫だろうけど、なにかあったらすぐに連絡してくれ」

「わかりました」

頷くと、透哉も頷き返してバスルームへ向かった。

「ラテ、おいで」

声をかけてキッチンに向かい、ラテの朝食を用意してから透哉の朝食の準備を始める。

フライパンを手にスクランブルエッグを作る菜子は、昨夜の苦しそうな悠生を思い出して唇を引き結んだ。

（元の関係に戻るのは難しいかな……）

今までのように、気の置けない関係でいられるかどうか。

話し合ってみなければわからないが、気まずくなってこのまま疎遠になる結末だけは迎えたくない。

悠生は、話をしてくれるだろうか。

そんな胸の不安をかき消すように、菜箸をくるくる回して卵を炒めた。

「早めに帰れるようにするから、結婚式とか色々と相談させてくれ」

「わかりました。お夕飯作って待ってますね」

「楽しみにしてる。じゃあ、いってきます」

挨拶とキスを残した透哉を見送った菜子は、自分の支度をあれこれと済ませるとコーヒーでひと息ついた。

「結婚式、か」

菜子が透哉を好きになったら、契約結婚を本物の結婚にし結婚式を挙げる。

契約結婚をする際、そんな約束を交わした。

だが菜子は、愛する人と共にいられるだけで幸せだと考えているので、結婚式を挙げることにこだわっていない。

幸せですと真っ先に伝えたい人たちも天国にいる。

(個人的にはふたりだけの結婚式でもいいけど……)

透哉にも希望があるだろう。

ふたりにとってベストな形の結婚式ができるといい。

そう考えつつ、スマホを手に取った菜子は画面を見ながら小さく溜め息を吐いた。

(返事……来てない)

実は、朝食を食べる前に悠生のＬＩＮＥに『話がしたいの、会える?』とメッセージを送ったのだが、既読はついているものの返信がない。

忙しくても読んだらひとまずスタンプは返すマメな悠生が、だ。

(昨日の今日だし、戸惑ってるのかも)

もう少し待ってみようと、ノートパソコンを開いて求人情報と向き合ったのだが。

「だめだ……集中できない」

通知がいつ鳴るかとそわそわしてしまい、上に下にと無駄にスクロールするばかり。

もうすぐ昼時だというのに、完全に時間を無駄にしていた。

(悠生、今日は仕事かな)

もし気まずく思って返信しづらいなら、菜子の顔を見れば肩の力が抜けるかもしれない。

そのためには、菜子もなるべくいつも通りの態度でいなければならないが、まずは行動あるのみだ。

(うまくできるかわからないけど、行ってみよう)

ラテに少しだけお留守番を頼んだ菜子は、緊張の面持ちでコンシェルジュホールへ降りた。

そっとフロントカウンターを覗くと勤務中の悠生を見つける。

(……よし)

深呼吸し、口元に笑みを浮かべて近づく。

「悠生、お疲れ様」

努めていつも通りに振る舞うと、悠生はぎくりと肩を震わせた。

「お、お疲れ。あー……二日酔いは?」

気まずいのだろう。いつもより表情が硬く、笑みも強張っている。

「特に問題ないかな」

菜子はそれに気付かない振りをして会話を進めた。

「マジかよ。いや、お前は昔からそうだったか」

悠生の言う通り、菜子は酒に強くはないが、二日酔いというものを経験したことがない。

よく悠生が『頭に響く』と友人らの声を聞いてつらそうにしていたが、同じくらい飲んだ菜子はけろっとしていた。

「つくづく羨ましい体質だな」

悠生がはは っと半笑いする。

「あの、悠生。LINEの件なんだけど――」

少し緊張しつつ用件を切り出したのだが、白石が昼休憩から戻ってきたのが見えて菜子は口を閉じた。

白石がにこやかに頭を下げる。

「さ……真城様、こんにちは」

「こんにちは、白石さん。桜井でいいですよ」

まだ真城で呼ばれ慣れていない菜子は、白石に新しい苗字で呼ばれ、落ち着かない心地で笑みを浮かべた。

しかし真面目な白石は「いえいえ」と頭を振る。

「コンシェルジュとして、居住者様のお名前はしっかり覚えないと。真城様、とすんなりお呼びできるよう頑張ります」

そう言って穏やかに笑った。

いつもなら白石の笑みにほっこりするのだが、昨夜悠生に告白されたばかりでこの会話はどうにも居心地が悪い。

なので、「お手数をおかけします」と話を早々に終わらせ話題を変える。

「でも珍しいですね。夜勤の白石さんがお昼にいるなんて」

「私もまあまあ年なので、身体のことを考えて昼に回してもらうよう頼んだんです」

「そうだったんですね」

夜型の生活は、色々と不便が生じることがある。

しばらく会っていないが、看護師の友人は、夜勤を続けていると体調が悪くなりやすいと言っていた。

向き不向きもあるだろうが、年齢が高くなれば身体への負担も大きいはず。

態度には出ていなかったが、白石はそれを感じていたのかもしれない。

「ああ、加納君、仕事詰まってなければこのまま休憩どうぞ」

「……じゃあ行ってきます。菜子、一階の庭で待ってて」

話をしてくれるということだろう。

わかったと頷いた菜子は、コンシェルジュホールから見下ろせる庭に向かった。

スタッフルームではなく外なのは、昨夜の件もあり菜子が警戒しないよう気を使ってくれたのか。

木製のベンチに座って待っていると、昼食のパンが入ったビニール袋を手に悠生がやってきた。

菜子の隣に腰を下ろした悠生が「昼飯食った?」と尋ねてくる。

まだだと答えると、菜子が好きな菓子パンを渡された。

「え、いいよ。悠生の分がなくなっちゃう」

「俺の分はあるよ。なんとなく、お前が突撃してくる気がしたから買っといた」

だから遠慮なく食えと言って、悠生は缶コーヒーも渡してくれる。

「悠生は私のことなんでもわかるんだね。……私は、わかってなかったのに」

「俺は隠すのがうまいからな」

苦笑した悠生は、しばらく沈黙したあとおもむろに「ごめん」と口にした。

「あんな形で告るつもりなかったんだ。なんなら、お前の契約結婚がどうなるかで一生黙っておくつもりでいた。なのに栗原様の誘いに乗ってひどいことをした。本当にごめん」

菜子に身体を向けて、神妙な面持ちで頭を下げる。

「栗原様となにがあったの？」

尋ねると、悠生はとつとつと語りだす。

「菜子からドレスコードについて聞いた時、いつも来るゲストがカジュアルエレガンスだったからおかしいと思ったんだ」

思い返してみれば、悠生は怪訝な顔をしていた。

あれは、今までの栗原のパーティーを知っていたからだったのだ。

今さら後悔しても仕方ないが、あの時、祝ってもらえる喜びに浮かれず、ラテにも少し待ってもらって悠生の話を聞けばよかった。

「で、菜子が散歩に出たあと栗原様に偶然会ったから、言ったんだ」

『菜子は俺の大事な幼馴染だ。嫌がらせは不愉快なのでやめてください』

悠生は、そう言ってくれたらしい。

「でも、栗原様には俺の気持ちがバレてた」

『幼馴染？　違いますよね。加納さんのその目は、恋してる人の目だわ』

そして、悠生は耳を貸してしまったのだ。

『あたしも真城先生が好きなんです。だから、協力してふたりを引き裂きません？』

悠生にとって魅力的な悪魔の囁きに。

「強い酒を飲ませるから、酔った菜子を迎えに来い。そのあとは好きにしろって言われて……傷つけたらダメだってわかってんのに、このチャンスを逃したらマジで菜子を真城様に取られるって思ったら、止められなかった」

懺悔した悠生は、拳をギュッと握ってまた「ごめん」と詫びた。

そんな悠生に、菜子も頭を下げる。

「私こそ、そんな風に思い詰めるまで気付けなくてごめんなさい」

「いや、お前は悪くないだろ。唆《そそのか》されてお前の信頼を裏切った俺が悪い」

ぐいっと肩を押されて姿勢を戻されると、思いかけず悠生の顔が近くにあって慌てて身体を引く。

「あ、悪い……」

「う、ううん……」

ぎこちない雰囲気が漂う中、菜子は手の中の缶コーヒーを見つめた。

「あの……返事、ちゃんとした方がいいよね」

「されなくてもわかるけどな。でも、返事もらうなら、やり直しさせてくれ」

そう言うなり、悠生は痛いくらいに真剣な瞳で菜子と向き合った。

「俺は菜子が好きだ。ずっと好きだった。だから、真城様との契約結婚を破棄して、俺を男として見てほしい」

真っ直ぐに注がれる悠生の視線は、長年一緒にいても見たことのない、恋の熱を孕んだもの。

その想いに菜子も真剣に向き合うべく背筋を伸ばす。

「ありがとう悠生。でも、ごめんなさい。私、透哉さんが好きなの」

大切な幼馴染を傷つけたくない。

けれど、真剣な悠生の気持ちに菜子も同じくきちんと返事をすべきだと思った。

だから、偽りなく、透哉への想いを告げる。

一瞬、表情を強張らせた悠生は、眉間に皺を寄せながら笑った。

「結局、またあの人を選ぶのか」

その独り言ちるような言葉に違和感を覚えた菜子は、ぴたりと動きを止める。

「待って、今のどういう意味？」

眉間に皺を寄せ、首を傾げる。

すると悠生はハッとし、明らかに動揺して瞳を揺らした。

「悠生」

強めに名を呼ぶと、悠生は観念したように肩を落とし深い息を吐いた。

「言っておくけど、これは俺の勝手な予想だ」

「それでもいいからちゃんと話して」

「……わかった」

悠生は諦めたように溜め息を吐き、ややあって神妙な面持ちで口を開く。

「事故に遭う少し前、お前、電話口で言ってたんだ」

それは、ラテの里親が見つかったという報告を受けた電話でのこと。

『私、好きな人ができたかも』

とりとめのない会話の中、菜子は控えめな声で言ったらしい。

「どんなやつかとか名前は聞かなかったから、それが真城様かはわからない。だけど、なんか本気っぽかったし、これはいよいよお前のこと諦めないとダメかと思ってさ」

だが、それから三カ月も経たない頃に菜子は事故に遭い、それ以来、好きな人についてなにも言わなくなった。

「失恋したのかなんなのか。なにがあったか気になったけど、余計な詮索して菜子を悲しませるのも自分が傷つくのも怖くて、なにも聞けなかった。……で、お前が真城様のこと忘れてるって知って、もしかしたら、菜子が言ってた好きな人は真城様なんじゃないかって思った」

自分の膝に視線を落とし続ける悠生の声から覇気が消えていく。

「でも結局こんなことになんなら、さっさと告ればよかったわ。コンシェルジュの仕事なんて紹介しないで、俺のとこ来いって誘って同居してたら、お前は真城様と会わず、俺を恋愛対象として見てもらうチャンスがあったかもしれないのに」

「……ごめんね」

悠生を恋愛対象として見られるかはわからない。

だが、もしコンシェルジュの仕事をせず、悠生と恋に落ちたとしても。

いつかどこかで透哉に偶然会ったなら、菜子はきっと透哉に惹かれてしまう。

それだけは想像できた。

「俺こそごめん。色々、今さら打ち明けて」

「うん。でも、聞けてよかった」

「俺も言えてスッキリしたわ。まあ、フラれたのはさすがに凹むし後悔だらけだけど、菜子が幸せなら、それでいい」

無理して笑っているのだとわかった。

けれど、幸せを願ってくれている悠生の心に偽りがないのを菜子は知っている。

ずっとそうだったから。

悠生はいつだって菜子の傍にいて励まし、支えてくれていた。

こんな時いつもなら『ありがとうママ』なんて言って、お決まりのボケを入れるのだが、悠生の気持ちを考えたらふざけるなんてできなくて。

けれど。

「ほら、ママに感謝はどうした」

悠生がわざとおどけてくれたから。

「ふふっ、ありがとう、ママ」

菜子は涙を滲ませながら、幼馴染であり、親友であり、家族のような大切な悠生に心から感謝した。

『今夜は飲むしかないな』

そう言って惣菜パンを奢った悠生に、付き合うよと言ってあげられない菜子は、『飲みすぎないようにね』と微笑んで窘めた。

すかさず『お前が言うか』とツッコミをいただき苦笑する。

だが、いつものように軽口を言い合えて安堵した菜子は、来た時よりも心が軽くなったのを感じながら部屋に戻った。

悠生に告白され、断った。

失恋の傷は簡単に癒えるものではないと、学生の頃、好きな人にフラれた経験のある菜子も知っている。

だが、長い年月をかけて築いてきた悠生との絆は、簡単に切れるものではない。

菜子はそう信じて、強請るラテと共に散歩に繰り出した。

「ラテ、桜が満開だね。次の透哉さんのお休みは、三人でお花見しようか」

桃色の桜並木を眺めながら話しかけた菜子は、次の瞬間ぶるりと身体を震わせる。

(もう少し厚めのアウターにすればよかったかも)

今日は朝からどんよりとした空模様で、気温も少し低い。

曇天の空は今にも雨が降り出しそうにも見える。

(早めに買い物を済ませて帰った方がよさそう)

天気予想をしっかりと見ていなかった菜子は、少し後悔しつつ車道を跨ぐ青い歩道橋の階段を昇った。

てっぺんに辿り着いたちょうどその時、反対方向を歩く栗原を見つけて足を止める。

栗原も菜子に気付き、フラフラした足取りでこちらへやってきた。

「あらあらあらー、身のほどをわきまえない男たらしの桜井さんじゃない。これ見よがしに真城先生のわんこを連れて歩いちゃって、なにそれ、自慢？　あたしへの当てつけ？」

ぐんと詰め寄る栗原から、アルコールが香る。

「あ、あの、栗原様、もしかして酔ってます？」

「酔ってない。でもあなたのせいでさっきまで飲みまくってたわよ」

腕を組み、いつにも増して高圧的な態度の栗原は、目が据わっているので絶対に、かなり酔っている。

「あの、私のせいっていうのは、透哉さん絡み……でしょうか？」

むしろそれ以外は見当もつかない。

「その透哉さん呼びって自慢？　まさか、真城先生に叱られたあたしをそうやって上から目線で笑ってる？」

「叱られた……?」

「そうよ、父の通院に付き添って真城先生に会いに行ったら、呼び出されて叱られたのよ!」

酔った栗原の話によると、彼女は今日、朝一で病院に行き、腫瘍の再発予防の治療を受ける父親を待ちながら、院内のカフェでひと休みしていたらしい。

「真城先生に会えないかなーって思ってたら本当に会えて、しかも私に話があるって相席するからドキドキしてたら〝大切な妻を困らせるのはやめてください〟って」

おそらく透哉は、昨夜の件で注意したのだろう。

ひとこと言っておいた方がいいと言っていたので、付き添いで来院していると知り、探して声をかけたというところか。

菜子を想って有言実行してくれたのは嬉しいが、栗原が飲んだくれる結果になるとは。きっと透哉も予想外だろう。

「加納さんも役に立たないし、ほんっと最悪!」

悠生を唆したうえ、まるで物のようになじられて、菜子は思わず眉根を寄せた。

「あの!　栗原様!」

さすがに黙っていられず口を開くも、栗原の愚痴はさながらマシンガンのごとく止まらない。

「なんでよ。絶対あたしの方が真城先生につり合ってるのに、絶対あたしの方が好きなのに。なのになんで、平凡ちんけで、記憶もない中途半端なあなたが選ばれるの？」

栗原の双眸に涙が滲む。

「あたしは、出会いから今日までの先生を全部覚えてる」

だから結婚する資格は自分の方にある。

栗原はそう、自信満々に告げた。

記憶がない、中途半端だという言葉が菜子の心に突き刺さる。

(でも、透哉さんは言ってくれた)

『無理に思い出す必要はない。幸いこうして再会できたんだ。また一から始められる』

記憶がなくてもいいと。

再びふたりの関係を築けばいいと、中途半端な菜子を受け入れ、好きでい続けてくれた。

だから、落ち込む必要はないと自分に言い聞かせ、菜子は落としかけていた視線を栗原に戻す。

強い想いを孕んだ互いの眼差しがかち合った。

「離婚して」

「……できません」

「はあ？　しなさい。今すぐに！」

「嫌です。悠生まで巻き込んだあなたの言うことなんて絶対に聞きません」

「話のわからない女ね！」

激高して眉を吊り上げた栗原に、両腕をがっしりと摑まれる。

主人の危機を察知したのか、今まで見守っていたラテが威嚇して唸った。

「な、なによ。あんたも私を叱るの？　この女の味方するの⁉」

「ウゥゥッ……ワンッ！」

「ひっ」

歯を剝き出しにして吠えられ、驚いた栗原は怯えて後退る。

その踵が向かう先を見た菜子は、ぎょっと目を剝いた。

そこに道はなく、あるのは固いコンクリートでできた階段のみ。

「危ない！」

「えっ？」

菜子が叫ぶのと、栗原の身体が後ろに傾くのは同時だった。

咄嗟にリードから離した手を、栗原に精一杯伸ばしながら地面を蹴る。

どうにか摑んだ細い腕を引っ張ろうとするが、鍛えてもいない菜子の力では引き戻すことは不可能で。それどころか、菜子の身体も重力に逆らえず、バランスを崩して足が地面から浮いた。

（落ちる……！）

それでもなお諦めまいと、栗原にもう一方の手を伸ばした菜子は、ギュッと目を瞑り階段を転げ落ちた。

身体のあちこちが強く打ち付けられ、階段の天辺から見下ろすラテが駆け下りてくるのが見える。

ぽつぽつと、頰に雨が当たり、菜子は鈍色の空を見た。

（ああ……降って、きちゃった。早く帰らないと……夕飯、作って……透哉さんをお出迎え、して……透哉さんを……透哉さん……）

愛しい人の姿を思い浮かべながら、重くなっていく瞼を閉じる。

ラテが必死に鳴く声をどこか遠くに感じた刹那、菜子の世界は暗転した。

七章　運命の再会

「菜子」

耳に心地いい声に呼ばれ、菜子の意識が浮上する。

（この声は）

「透哉さん」

その名を紡ぎゆっくり目を開くと、菜子は空港のロビーにいた。

目の前には、スーツケースを手にした透哉が立っている。

（これは……夢？）

疑問が掠めると搭乗のアナウンスが流れて、時刻表が点滅して表記が変わった。

いよいよ迫る別れを目前に、菜子の胸は寂しさでいっぱいになる。

（ああ、これは過去だ。だって、この光景と寂しさには覚えがある）

泣きそうに眉を寄せると、菜子を見つめる透哉の双眸が和らいで細まり、愛おしげに微笑んだ。

「君が好きだ。臨床留学から戻ったら、結婚を前提に俺と付き合ってほしい」

「結婚、ですか？」

「気が早いか？」

菜子は首を横に振って、そんなことはないと示す。

（だって私も、あなたが好きだから）

頑固な祖父と根気よく向き合ってくれる医者としての透哉を尊敬し、患者家族の菜子の体調まで気遣う優しさと思いやりに惹かれた。

クールなようで、実は温かい。

そんな透哉に会えば会うほど、言葉を交わせば交わすほど想いは募り、気付けば恋に落ちていた。

悠生に「好きな人ができたかも」と零したが、本当はとっくに好きだった。

ただ、怖かっただけだ。

自分の作ったお弁当を嬉しそうに受け取ってくれる彼が、ラテの散歩に一緒に行こうと誘ってくれる彼の気持ちが、自分にないのを知るのが。

だから、気持ちを素直に認められずに、逃げ道を作っていた。

はっきり好きだと自覚して、透哉が菜子以外の女性に想いを寄せていると知った時、心の傷を少しでも浅くするために。

けれど今、彼が心震える未来を提示してくれた。

意気地なしの菜子に想いを告げ、手を差し伸べてくれたのだ。

「私も同じ気持ちだったので夢みたい。透哉さんが留学から戻ってくる日が今から待ち遠しいです」

幸せを胸にはにかんで伝えた菜子を、透哉は包み込むように抱きしめた。

「ありがとう。俺も待ち遠しいよ。俺たちの未来のためにも頑張ってくるから、待っていてくれ」

「はい、身体には気を付けてくださいね。ご飯もちゃんと食べてください」

忙しいと食事をおろそかにしがちな彼を心配すると、透哉は「善処する」と小さく笑った。

「菜子の愛情弁当を思い出しながら三食きちんととるよ」

「お弁当の代わりに愛情をこめたメッセージを送るので、それで補給してください」

「文字じゃ足りないかもしれないから、念のため今聞かせてくれるか？」

囁いた透哉は、ねだるように菜子の頬に優しく触れた。

そういえば、透哉は好きだと言ってくれたが、自分はきちんと伝えてなかった。

「す……」

好きですと伝えようとした時、どこからかやってきた小さな子供が足元で菜子を見上げる。

興味深そうにキラキラとした瞳で見られて、ここは空港で人の目がたくさんあることに気付いた。

「え、えっと、今は恥ずかしいので、帰ってからのお楽しみということで」

頬を染めると透哉がくすくすと肩を揺らして笑う。

「わかった。楽しみにしてる」

(——ああ、そうだ。私は約束したんだ)

結婚を前提に付き合うと。

帰国したら好きだと告げると。

だのに、空港からの帰り道、凍結した路面でスリップした車と衝突。

跳ね飛ばされて頭を強打した菜子は、意識を失うと共に忘れてしまった。

約束だけでなく、愛しい人の存在ごと。

(私は、なんてひどいことをしてしまったの)

透哉に謝らなければ。

伝えなければ。

早く、夢から覚めなければ――。

「……と……や、さん」

「っ、菜子！」

愛する人の切羽詰まった声が聞こえて、菜子はゆっくりと目を開いた。

見覚えのない天井と、規則的な電子音、そして、そこはかとなく漂う消毒の匂い。

自分を心配そうに見下ろす白衣を纏った透哉をぼんやりと見つめ、瞬く。

「こ、こは……病院、ですか？」

「そうだ。君は歩道橋の階段から落ちたんだ。覚えているか？」

尋ねられて思い出した。

菜子は、階段を踏み外した栗原を助けようとして、叶わずに一緒に落ちたのだ。

「覚えてます。……栗原様は？　無事ですか？」

「無事だ。アルコールによる酩酊もあって朦朧とはしていたが、外傷は打撲とかすり傷程度だ」

「よかった……」

ほっと安堵の息を吐き、力のない笑みを浮かべる。

すると透哉が眉間にぐっと皺を寄せた。

「よくない。君が運ばれてきた時、俺は気が気じゃなかった。君は人のことばかり優先しすぎだ。今だって、自分の身体じゃなく栗原さんの心配をしただろ」

「あ……そうですね。ごめんなさい」

自分の身体を蔑ろにしているつもりはなかったが、栗原が無事かどうかつい気になったのだ。

「……俺のことは、わかるな？」

「え？」

「君はまた、頭を強く打ったんだ」

今度は眉を八の字に下げて心配そうに菜子を見つめる透哉。

いつから握っていたのか、菜子の手を包む手にきゅっと力が込められる。

もしかして、菜子の意識が戻るまで付き添いながら、また忘れられてしまったのではないかと怯えていたのか。

菜子は、不安に瞳を揺らす透哉の手を優しく握り返した。

「大丈夫です。全部、覚えてます」

夢の中で思い出した。

「転んだ私に手を差し伸べて手当てしてくれたことも、綺麗に洗って返されたお弁当箱に【美味しかった】ってメッセージカードを毎回添えてくれていたのも」

菜子が記憶を辿っていく中、大きく見開かれる透哉の双眸にじわりと涙が滲む。

「臨床留学に発つ日、空港で、透哉さんが帰ってきたら気持ちを伝えると約束したことも。全部、全部覚えてます」

「思い出したのか……?」

菜子は透哉を見つめて小さく、けれど確かに頷いた。

「透哉さん、ごめんなさい。あなたを、大切な約束を忘れてしまって」

透哉は言ってくれていた。

忘れていてもいい、また一から始められると。

けれど、忘れられて胸を痛めないわけがない。

空港での透哉は、本当に幸せそうだった。

見つめる瞳、優しい声音、触れた指先、全身が菜子への愛を語っていた。

忘れてしまった菜子よりも、ずっとずっとつらかったはずだ。

だって、泣いている。

透哉が涙を零しているのだ。

「ごめんなさい」

彼の痛みや苦しみを想像し、罪悪感に胸が締め付けられ、涙が一筋零れ落ちた。

すると透哉は眦を和らげ、目尻を濡らす菜子の涙を指で拭った。

「謝らなくていいって言っただろう。君が無事ならそれでいい。だが、思い出してくれてありがとう」

空港で見せたのと同じ幸せそうな笑みを浮かべた透哉は、握っている菜子の手を引き寄せ、口づける。

「透哉さん、大遅刻ですけど、約束を果たさせてください」

本来なら、透哉が帰国した日に空港で出迎えて伝えるはずだった言葉を。

「あなたが好きです」

「……うん」

「記憶を失っても、また惹かれて恋に落ちるほどに、透哉さんが好き」

「俺も君が好きだ。例え何度忘れられようとも諦められないほど、君を愛している」

互いに一途な愛を伝え、見つめ合い、透哉が唇を寄せた刹那。

「あー、ゲホンッ」

わざとらしい咳払いが聞こえて、菜子の心臓が大きく跳ねた。

反射的にぐっと透哉を押しのけると、不服そうな顔で渋々離れる。

それと同時に顔を見せたのは悠生だ。

「駆けつけて早々、新婚ラブラブ劇場見せつけられるとか、マジで勘弁してくれ」

「ゆ、悠生、どうしてここに？」

「真城様からマンションに連絡があったんだよ。事故で救急に運ばれてきたって。てかお前、ほんっと何度も俺の寿命を縮めるのやめてくんない？」

「心配ばっかりかけてごめんね……」

交通事故の次は転落事故。

悪い知らせばかりで申し訳なく、菜子はしゅんと眉を下げた。

透哉も「こればかりは加納さんに同意だな」と、悠生の味方についてしまい居たたまれない。

それはそうと。

「透哉さん、連絡してくれたんですね」

菜子にはもう家族はいないので、なにかあると頼るのは悠生だ。

しかし、そのことを透哉に話したことはない。

驚いていると、透哉は「ん？」と小首を傾げた。

「君にとって加納さんは家族なんだろ？　俺にとってはライバルでも」

「元ライバル、ですよ。フラれたので」

「それは残念でしたね」

透哉がニコニコと嬉しそうに笑う。

対する悠生はジト目で溜め息を吐く。

「言葉と表情が一致してませんけど。……なにはともあれ、無事で安心した。記憶も、戻ってよかったな」

「なんで知ってるの？」

「入ろうとしたら聞こえてきたんだよ」

今割って入るのは無粋だと思い、入室するタイミングをはかっていたら、ラブラブな雰囲気に突入した、という流れだったようだ。

「盗み聞きして悪い」

罰が悪そうに苦笑した悠生は、その表情を真面目なものに変えて透哉に頭を下げた。

「昨日はご迷惑をおかけしてすみませんでした。菜子のこと頼みます。幸せにしてやってください」

透哉との結婚を反対していた悠生が、初めて認めてくれた。

そのことにじんと心が温かくなる。

透哉が立ち上がり、彼もまた悠生に一礼する。

「ええ、必ず幸せにします」

曇りのない力強い誓いが菜子の心に深く染みわたると、祝福するかのように、窓から入り込んだ桜の花びらがひらりひらりと軽やかに舞った。

＊＊＊

「ＭＲＩも脳波も異常なし。頭部の傷は完治まで少しかかるが、なるべく傷痕が残らないよう家で俺が診るから安心して」

主治医の透哉に退院を告げられ、日々の丁寧な処置により頭の傷もすっかり癒えてから数カ月後。

菜子は波音を聞きながら、大きな姿見に写るウエディングドレスを着た自分と向かい合っていた。

──どんな結婚式がいいか。

退院して数日経ったある日の夜、ベッドで抱きしめられながら問われた菜子は『透哉さんがいるだけで十分です』と告げた。

大事なのは結婚式ではなく、透哉と共にいられることだと。

すると透哉も同じ考えだと賛同してくれたのだが。

『ただ、俺のしたいことリストに、ウエディングドレスを着た菜子と結婚式を挙げたい、が入ってるんだ。だから、新婚旅行を兼ねて、ふたりきりのリゾートウエディングにしないか？』

透哉が望んでいたのなら叶えたい。

快諾したその翌週。

あれよあれよと挙式と新婚旅行が決定した。

挙式先は、透哉のしたかったリストのひとつにあった『モルディブ』だ。

ドレスのスカートを持ってゆっくりと振り向くと、開け放たれた窓の奥に真っ青な空と海が広がっている。

潮騒に耳を澄ませて窓際に立つと、潮風が優しくベールを揺らした。

（お母さんとおじいちゃん、天国から見てくれてるかな？）

出国の数日前の墓参りで結婚の報告をしたが、祖父は、自分が世話になった病院の医者と孫娘が結婚するなんてと驚いているかもしれない。

母は、自分仕込みの手料理が、娘の恋に一役買ったのを喜んでいそうだ。

とはいえ、その恋も記憶を失ったり、ライバルとひと悶着あったりと波乱万丈だったので、ハラハラさせたかもしれないが。

(栗原様は元気かな)

軽傷だったらしいが、その後問題なく過ごせているだろうか。

あの転落事故の翌日、すっかり酔いが醒めた栗原は、退院手続きを済ませたあと、栗原の父親と共に菜子の病室にやってきた。

そして、礼と詫びの品を差し出されたのだが、立腹していた透哉が丁重に断った。

『そんなものより、もう二度と妻に嫌がらせをしないという約束をいただきたい』と。

そこで初めて娘の所業を知った栗原の父親は、栗原に頭を下げさせ、引っ越すように命じた。

栗原は、頭に包帯を巻いた菜子を見るなり泣きそうな顔をしていたので、相当反省したのだろう。

素直に引っ越しに応じ、そして退去の際、栗原は最後の挨拶にやってきた。

その日は、緊急のオペが入り透哉は不在。

きっと透哉に会いに来たのだと思ったのだが、栗原は『桜井さんに謝りにきたんです』と玄関先で再び頭を下げた。

『酔って絡んで、怪我までさせて。本当にごめんなさい。ひどいことをしたのに、桜井さんはあたしを助けようとしてくれた。そんな優しい人を、真城先生が好きになるのは当然だし、嫉妬にかられてむきになって、加納さんまで巻き込んで嫌がらせするなんて、本当どうかしてた』

『でも、それだけ好きだったんですよね』

想いが深ければ深いほど、痛みも苦しみも強くなる。

栗原はゆっくり姿勢を戻して、いつもは自信に満ち溢れている瞳を頼りげなく揺らした。

『……そうね。いつの間にか本気になってたのよ。だから、どれだけアプローチしてもダメだった真城先生を、すんなりと手に入れたあなたが気に入らなかった』

『すんなりでもないですよ。出会ってから少しずつ距離が縮まった感じでしたし、彼の気持ちがわからなくて悶々としてましたから』

『もしかして、記憶が戻ったの？』

『はい！　戻ったんです。転落した時に頭を打った影響じゃないかって透哉さんが。栗原様のおかげですね！　お互い無事で、記憶も戻って、結果オーライです』

だから、どうか気にしないでください。

笑顔で伝えると、栗原は『あたしのおかげって』と複雑な顔をしたが、息を吐いて困ったように笑った。

『心が広すぎよ、あなた。でも、ありがとう。そう言ってもらえると救われる。真城先生とお幸せにね』

そう言って一礼した栗原に菜子も頭を下げる。

『ありがとうございます。お元気で。あ、飲みすぎ注意ですよ』

『気を付けるわ。あなたも、あたしみたいな女には気を付けてね』

最後に自嘲して、栗原はマンションから去っていった。

そして、そのひと月後、今度は悠生が別のマンションへ異動になった。

自分がいるせいかと気にする菜子に、悠生は偶然だと笑ったけれど、『でも、ちょうどよかった』と零した。

『お前が幸せなのは嬉しいけど、ぶっちゃけ今はまだ少しつらいから』

胸の痛みを癒やすには、菜子との距離が近すぎて難しい。

憂いなく気兼ねのない幼馴染の関係に戻るためにも、勤務先が変わるのは悠生にとっても、今後のふたりの関係にとってもいい機会なのだと微笑んだ。

『でも、なにかあったら遠慮なく連絡しろよ』

そう言ってくれた彼の優しさに甘え、今日、モルディブで結婚式をすることは伝えている。

返信には、お土産を催促するメッセージがあったので、忘れないようにしなければ。

「真城様、失礼いたします」

ノックの音が聞こえて、日本人スタッフが入ってくる。

「ご準備が整いましたので、チャペルへのご移動をお願いします」

案内され、菜子は波音を聞きながら廊下を渡った。

やがて美しい海に浮かぶ白いチャペルに到着し、ブーケを手渡されると両開きの扉が開く。

揺れる海面が見えるガラス張りのバージンロードの先に立つのは、白いタキシードを着こなした透哉だ。

愛おし気に微笑する彼を見た途端、思いがこみ上げ、菜子は瞳を潤ませた。

モルディブの伝統音楽が流れる中、彼の元へ一歩、また一歩と進んでいく。

透哉に出会い、恋に落ち、将来を誓い合った矢先、記憶を失った。

一度切れた縁は三年の時を経て再び繋がり、菜子はまた彼に恋をした。

記憶を失ってもなお、惹かれ、好きになった。

透哉が想い続けてくれたから、菜子が忘れたくないと心の奥底で願っていたから。

互いの想いが繋いだ奇跡によって、菜子は今、透哉という生涯の伴侶の隣に立てている。

彼の腕に手を絡め、見つめ合う。

「うまく言葉が出てこないくらいに綺麗だ」

「透哉さんもすごく素敵です」

「だから泣きそうなのか？」

おどけた彼は優しく双眸を細める。

「これは嬉し泣きです。透哉さんと今日を迎えられてよかったなって」

「俺も、バージンロードを歩く君を見ていて同じことを考えてた。君を諦めず想い続けてよかったと」

互いに幸福を噛みしめながら笑みを交わす。

柔らかな面差しの神父によって永遠の愛を誓い、ふたりは改めて指輪を交換した。

以前とは別の、ブルーサファイアを埋め込み、互いの名前を刻印したものを。

「菜子、記憶を失っても、俺を想い続けてくれてありがとう」

「私こそ、また一から始めようと透哉さんが言ってくれて、愛し続けてくれたから、全部思い出すことができました。ありがとうございます」

愛している。

想いをこめた唇が重なると、チャペルに祝福の拍手が巻き起こり、ふたりは幸せいっぱいに顔を綻ばせた。

プライベートビーチと菜子を独り占めしたい。

契約結婚したての頃、クルーザーで透哉が言っていた通り、挙式後、宿泊先のヴィラに戻った菜子は、海が一望できるデッキの上、天蓋付きのデイベッドに組み敷かれていた。

艶めいた吐息が菜子の唇から零れると、それを食むように透哉の唇が声ごと奪った。

「インド洋のサンセットと見渡す限りの透明な海、とろけた顔の可愛い菜子。最高の楽園だな」

リゾート地で天国のようなひと時を味わう菜子は、ふと、昔の出来事を思い出す。

「そういえば透哉さん、私たちの初めましては病院じゃないんですよ」

おそらくは自分しか覚えていない本当の出会い。

そう思って、秘密を明かすように口にしたのだが。

「……もしかして、君も覚えてたのか？」

透哉の記憶にも残っていたようで、菜子は目を丸くした。

「透哉さんも？　てっきり私だけ覚えてるのかと思ってました」

「それは俺のセリフだ。俺だけだと思って、恥ずかしいから病院が初めて出会った場所だと誤魔化したのに」

そう、記憶が戻ったことで菜子が思い出した透哉との出会いは病院ではなく、菜子の勤務先の、沖縄のリゾートホテルだった。

それは、菜子の祖父が入院する半年前のこと。

梅雨が明け、夏の到来をこれでもかと太陽がアピールしていたその日、菜子は透哉と出会った。

「あの日、いつものようにフロントでチェックインの対応をしてたら、並んでいたお客様が倒れたんです」

「ああ、それで、すぐ傍にいた俺が対処した」

透哉は倒れている初老の客に声をかけ、状態を確認し、フロントに立つ菜子を見た。

『君、救急車を』

『到着まで五分ほどだそうです』

『対応が早いな』

『近藤様は、脳卒中の疑いを医者に指摘されたと、以前に仰っていましたので』

倒れた客は、年に数回ホテルに宿泊する常連。

気さくな性格で、昨年、何気ない会話をした際、病気について話していた。

『顧客の持病まで把握してるとは優秀なフロントですね』

『お客様をおもてなしし、サポートするのが私の勤めですから』

『それなら俺は、この人を必ず助けます。それが医者の勤めだからな』

そう言って頼もしく微笑んだ透哉に、菜子は心を奪われた。

「あの時、少しときめいたんです。でも、お客様に恋をするなんてよくない。気の迷いだって言い聞かせたけど、透哉さんがまた来るなんて言うから、会えるかもって期待して忘れられなくなりました」

「それも俺のセリフだ。優秀なうえ、タイプの女性に、また来てくださいなんて可愛い笑顔を見せられたら、忘れられるわけがない」

だが、多忙な透哉はなかなかまとまった休みを取れず、結局、ふたりはホテルではなく病院で再会を果たした。

「前にカフェで、もう一度フロントに立つ私を見たいって言ってたのは、覚えてくれてたからなんですね」

契約結婚を持ちかけられたあのカフェで、透哉が何気なく零した言葉。

結局聞きそびれていたが、ようやくわかった。

「あの時は、つい本音が声に出たんだ。だが、突っ込まないでいてくれて助かった。記憶がない君を、あまり混乱させたくないしな」

出会いは病院だと誤魔化したあとだったので、ヘタなあと出しは菜子を悩ませるのではと気遣ってくれたらしい。

「ありがとうございます。というか透哉さん、私みたいなのが好みなんですか？」

「俺の最愛の妻を、みたい、なんて言う口は塞いでやらないとな」

じゃれつくように唇が重ねられて、透哉の舌が菜子の舌先に絡みつく。

愛を語るように甘く、優しく。

「病院で君と再会できた時、柄にもなく運命だと思った」

「運命ですよ。少し波乱万丈ですけど」

「そうだな。だが、幸せに辿り着いた。幸せすぎて帰りたくなくなりそうだが」

幸福に満たされた瞳が、至近距離でうっとりと菜子を見つめる。

確かに、非日常から離れたここは楽園のようだ。

愛する人に寄り添い、まったりと過ごせる至福の時間は手離すには惜しくなるほど。

けれど。

「ラテが寂しがるから、ちゃんと帰らないと」

我が子のような存在を脳裏に描き、口づけの合間に囁くと、透哉は帰したくないと束縛するように、菜子の手に自分の手を重ね、指を絡めた。

「ラテなら今頃叔父に甘やかされてるから心配ない。だから今は俺に集中」

その言葉を皮切りに、透哉は本格的に菜子の身体に触れ始め、絶え間なく施される愛撫に鼓動が高鳴る。

愛する人から与えられる快楽に全身が満たされ、菜子は幸福に酔わされ朦朧としながら透哉の名を呼んだ。

すると、情欲をこれでもかと滲ませた声で名を呼び返され、菜子は大きく背をしならせながら、透哉を受け入れひとつになった。

「俺のことで頭がいっぱいって感じのその顔がたまらなく可愛いな」

ふたり、呼吸を乱しながら甘美な時間に揺蕩《たゆた》う。

「君をもっと俺で満たしたい。君は俺だけのものだ。生涯、俺だけの……」

透哉の貪欲な独占欲は愛の深さ故。

そして、それを受ける菜子の愛も、実は負けていない。

彼に満たされながらも満たして、誰にも渡したくないと思っている。

記憶を失っても、心の奥底で焦がれ続けるほど、この愛は深いのだ。

その想いを伝えるように菜子から口づけを強請ると、透哉は愛おし気に熱い唇で塞ぎ、果てを目指して細い身体を強く抱きしめた――。

透哉の腕の中、いつもより長い余韻と幸福に浸っていると、心地よい波音に愛しい声が重なる。

「菜子、君としたいことのリストに、もうひとつ追加したい」

「なんですか？」

「ラテも可愛いが、俺たちの子も、可愛がりたくないか？」

囁かれた子作りの誘いに、ようやく火照りのおさまった菜子の頬がまたほんのりと赤く染まる。

「君はどうしたい？」

「私は、あなたがしたいこと、全部叶えたい」

尽くし魔と言われようが、菜子は透哉が喜ぶ顔が一等好きだから。

「全部？　言ったな？」

再び覆いかぶさられて、甘く蕩けるような口づけが唇に降る。

「なら、ハネムーンベビーを目指そうか。覚悟しろよ？」

艶やかな笑みを浮かべた透哉が囁く。

どうやら今夜は、忘れたくても忘れられない夜になりそうだ。

終章　あの日と同じ星空の下で

モルディブでの挙式兼新婚旅行から帰って数カ月、今日までに発覚したことがいくつかある。

その中でも驚かされたのはふたつ。

ひとつ目。

『実は、桜井さんから結婚の許可をもらってたんだ』

これは、モルディブから帰国後、墓参りの際に透哉が明かした。

祖父の入院中、透哉が菜子にお弁当箱を返しているのを祖父が見かけたらしく聞かれたそうだ。

『もしや先生と菜子はそういう関係ですか』と。

『いいえ、違います。俺が家庭の味を知らないという話をしたら、気を使っていただいて』

『なるほど。あの子は誰かに喜んでもらうのが好きな子で、少しやりすぎるところもありましてね』

迷惑なら注意すると言った祖父に、透哉は微笑んで否定した。

『迷惑どころか、ありがたくて癒やされてます。もうすぐ食べられなくなるのが惜しいくらいです』

『海外へ行かれるんでしたか』

『はい。一年ですが、すぐに菜子さんのお弁当が恋しくなりそうです』

すると祖父は目を細めて笑ったという。

『でしたら、菜子を連れていってもらってもいいですよ』

『それはありがたいですね』

透哉は冗談かと思い笑った。

けれど、祖父は本気だったようだ。

『菜子には、先生のように大人で甘えさせてくれるような人が似合いだと常々思ってましてね。私が逝っても支えてくれる人が先生なら安心して逝ける』

告知を望んだ祖父は、自分の余命が半年だと知っていた。

残される菜子を心配する祖父に、透哉は跪き声を潜めた。

『桜井さんにだけ白状しますが、実はそういう関係になれればと思ってるんです』

『それは本当ですか』

『ええ。彼女との繋がりが欲しくて、苦手な犬も飼うくらいに本気です』

透哉の内緒話に祖父は『安心しました。どうぞよろしくお願いいたします』と笑顔を見せたらしい。

この話を聞いて、祖父が眠る墓の前で菜子は涙を流した。

だが、ふともうひとつの真実に気付き、涙で濡れた目を丸くした。

それがふたつ目。

実は透哉は犬が苦手、だ。

ラテを可愛がっている姿を見ていると信じられないのだが、子供の頃、近所の犬によく吠えられていたらしく、それでなんとなく避けるようになったようだ。

『ラテを助けたい気持ちはもちろんだったが、君との交流が増えるかもっていうやましい気持ちもあって勇気を出して里親になった。でも、今は苦手どころか、ラテがいない生活は考えられないくらいに大切な存在になった』

ラテは、菜子との連絡が途絶えて落ち込み、俯きがちだった透哉をいつも下から見上げていた。

つぶらな瞳で励ますように、じっと。

アメリカでどうにか前を向いて過ごせたのも、ラテのおかげだと透哉は優しく笑んで話していた。

そんな透哉の心の支えであるラテは現在、スイートルームの広いリビングでお腹を出して寝ている。

ラテは、飼い主が苦手を乗り越えて共にいたことに気付いていたのだろうか。

幸せそうに眠るラテを見て菜子はクスッと笑い、リビングの壁に飾られているオシャレな時計を見上げた。

今日は透哉の誕生日祝いで、菜子が以前働いていた沖縄のリゾートホテルに泊まりに来ている。

モルディブから日本に戻る飛行機の中で、『また来ます』と約束したのに行けなかったのが心残りだという話になり、『透哉のしたいこと』をするべく予約したのだ。

ふたりの出会いから四年半以上が経ち、ようやく叶った。

時刻はもうすぐ零時を回る。

「これで準備ＯＫ。あとはパパが出てくるだけね」

そう言って、菜子は最近また大きくなったお腹を優しくさすった。

(日付が変わる前に出てねって頼んだけど、間に合うかな)

セッティングを終えたテーブルを見ながら心配した直後、バスルームから透哉が戻ってきた。

「悪い、髪を乾かすのに時間がかかった」

話しながらナイトガウンを羽織る透哉が、テーブルの上を見て目を瞠る。

白いテーブルクロスの上に並ぶのは、色とりどりのキャンドルとフルーツの盛り合わせ、そして――。

「苺のミルフィーユだ。しかもこれって、俺が毎年食べてたやつじゃないか？」

「正解です！　叔父様に聞いて用意しました」

教えてもらった洋菓子店に問い合わせたところ、冷凍便で配送可能とのことだったので、ホテルに送ってもらったのだ。

「ありがとう、嬉しいよ」

どうやらサプライズは成功したようだ。

喜び笑みを浮かべる透哉を見て、菜子の頬も自然と緩む。

「飲み物はなににしますか？　白ワインと辛口のシャンパン、どちらも合いそうなので両方用意しておきました」

冷蔵庫から取り出して両手にボトルを持つと、透哉に「俺がやるよ」と座るように促される。

「あまり無理するとまたお腹が張るだろ。君は少し休んでて」

見事にハネムーンベビーを授かった菜子は、現在妊娠七カ月だ。

つわりが重かったせいか、安定期に入っても透哉は心配してあれこれ手伝ってくれている。

「産婦人科の先生からは旅行も問題ないって言われたし、これくらい大丈夫ですよ」

ボトルを奪われた菜子は、なぜか本日主役の透哉にエスコートされて椅子に座る。

「それでも、念には念をだ」

「じゃあ、このくらいはさせてください」

願ってボトルを渡してもらった菜子は、透明なグラスに透哉が選んだシャンパンを注いだ。

次いで、菜子の分のノンアルコールカクテルをグラスに注ぎ、ケーキに立てた蠟燭に火を灯して準備は完了だ。

並んで座り、時計の針が零時を刻むと共に、菜子がお馴染みのバースデーソングを歌う。

すると、目を覚ましたラテが透哉の膝の上に乗った。

母親の歌声に気分をよくしたのか、お腹の中の子もぽこぽこと動いている。

歌いながらお腹に透哉の手を導いて触れさせると、父親にお祝いを伝えるようにぽこんと叩いた。

動きを感じた透哉は嬉しそうに目尻を下げて、歌が終わると火を吹き消す。

「みんな、ありがとう」

ラテの頭と菜子の腹を撫でた透哉は、幸せそうに微笑んで菜子に口づけた。

「おめでとうございます、透哉さん」

「ありがとう。まさか、豪華なディナーのあとにこんなサプライズが待ってるなんて予想もしてなかったよ」

「気に入ってもらえました？」

「もちろん。菜子と出会ったリゾートホテルで、思い出のミルフィーユで誕生日を祝ってもらえて。しかも今年はこの子もいる」

菜子のお腹の膨らみを、愛しむように優しく撫でる。

「すごく幸せだ」

心から思っているとわかる優しい表情に、菜子は相好を崩した。

「透哉さん、記念写真を撮りましょう」

透哉と菜子と、お腹の子とラテ。

初めて四人で過ごす貴重な誕生日を写真に残すべく、スマホをセットして撮影した。

いい写真が撮れたのを確認したあと、カットしたミルフィーユを食べる。

「ああ、変わってない。懐かしいな」

「生地がさくさく！　クリームもさっぱりしてて、私ずっと食べていられそうなくらい好きです」

ひと口ごとに「美味しい」と零しながら味わう菜子を見て、透哉がはっと笑う。

「菜子の口にも合ってよかったよ」

「とっても気に入りました、あ、この子が気に入った可能性もあるかも」

友人が妊娠中、無性にスイカが食べたくなり、そればかり食べていたらしいのだが、生まれてきた子がスイカが大好きで、きっとアピールしていたんだと笑っていた。

それと同じなら、今、ミルフィーユが無性に美味しく感じるのもお腹の我が子が美味しいと気に入ったからに違いない。

だったらもっと食べさせてあげたい。

お腹の我が子とコミュニケーションを取れているようで嬉しくなり、菜子がまたひと口ミルフィーユを頬張ると。

「食の好みの変化は、妊娠中のホルモンバランスによって」

「そういう医学的な話は求めていません。はい、あーん」

つまらない話をし始めたので、続けさせないよう、ミルフィーユに載っている苺を透哉の口もとに運んだ。

クスクスと笑って苺を歓迎した透哉は、その後、お腹の子が望むならと菜子の口にミルフィーユを何度も運んだ。


気に入ったといってもさすがに限界はあるもので。

二ピースを腹に入れた菜子は、調子に乗って食べすぎたと後悔しつつ、星空観賞のためバルコニーに立っていた。

少しでも見やすくするため、部屋の灯りは消した透哉がバルコニーに出てくる。

「見えるか？」

「はい！　晴れているので綺麗ですよ」

幸い新月なので、月明かりに邪魔されず星々が煌々と輝いている。

夜空を見上げる菜子の肩に、透哉がストールをかけてくれる。

「ありがとう、透哉さん」

沖縄はすっかり春の気候だが、夜は気温が下がって肌寒い。

一応スプリングコートを羽織っているが、少し冷えるので自身の腕を抱いていた。

そんな菜子を、透哉が背中から包むように抱きしめる。

「こちらこそ、菜子にくっつける理由をくれてありがとう」

（理由なんてなくても、いつもくっついて離れないくせに）

普段と変わらずスキンシップの多い透哉を微笑ましく思いながら、菜子は無数の星が瞬く夜空を仰ぐ。

「透哉さん、あそこに天の川が見えます」

指差すと透哉も目視できたようで「ああ、本当だ」と菜子の頭上で呟いた。

「なんだか不思議だな。出会った日、君に惹かれてはいたが、結婚して子供まで授かって、出会ったホテルでまた天の川を見上げるなんて想像もしてなかった」

菜子は「そうですね」と共感し、懐かしい記憶を手繰り寄せる。

「実は私、透哉さんとまた会えますようにって、七夕で願ったんです。叶ったのはホテルじゃなくて病院でしたけど」

「それは、織姫と彦星に感謝だな。それと、記憶を失っても、俺を想い続けてくれてた菜子にも」

ありがとう、と囁いた透哉の手が頬に添えられ、振り返ると優しく口づけられた。

「あとで、この星空も写真に収めておきましょうか」

「そうだな」

たくさん写真を撮って記録を残していこう。

透哉がそう言ったのは、妊娠が発覚してすぐだ。

脳外科医の透哉は、菜子だけでなく、記憶障害の患者と接する機会は多い。

そして、そんな患者や患者家族の苦悩を知り、支え、守る手助けをしている透哉は語っていた。

『いつか年をとって記憶は色褪せても記録は残る。でも、できれば自分で思い出したいし、君のことはひとつも忘れたくない』

それは菜子も同じ気持ちで、特に子供を授かってから日に日にその想いは強まっている。

思い出を記録で残し、その記録を見て心が記憶したその時の想いや感情を思い出す。

今に繋がる過去の想い。

そして未来へと続く透哉への愛を胸に、再び降ってくる口づけを受け止める。

「透哉さん、お誕生日おめでとうございます。これからも毎年祝わせてくださいね」

それは、生涯ずっと共にあるという愛の宣言。

気付いた透哉は幸せを噛みしめるように目を細め、感謝の言葉の代わりに深く甘やかな口づけで答える。

そんな幸せいっぱいのふたりを、頭上で瞬く星々が優しく見守り続けていた。

【完】

あとがき

こんにちは、和泉あやと申します。

この度は、「クールな脳外科医と溺愛まみれの契約婚～3年越しの一途な愛で陥落させられました～」をお手にとってくださりありがとうございます。

今作は恋愛がメインなのはもちろんですが、テーマは「心の記憶」です。

透哉を忘れていても「想い」は残っていて、再会後、急速に惹かれていくのも心が想いを記憶しているからなんですね。

そして私は日頃、記憶って大事だなと思っています。

なぜなら、うちの旦那さんがとんでもなく忘れっぽいからです！

どこどこに行ってこんなことがあったよね、子供がこうだったよねと話しても覚えていないことが多く、一緒に懐かしむことができない……！

なので、そんな寂しい思いが今作にもちらっと出てきます（笑）

透哉はまた思い出を作っていけばいいみたいなことを言える寛大な心の持ち主で、私も見習わねばなと反省。

そんな透哉は脳外科医ですが、私も脳外科にお世話になった経験があり、診察シーンの患者は実は私がモデルです。脳外科の先生には長年お世話になりましたが、当時はまさか作家になり脳外科医ヒーローの話を書くとは思ってもいませんでした。病気で悩んだ時期もありましたが、こうして自著に活かすこともできて、人生無駄なことなどないのだなぁと感慨深く感じています。菜子が記憶を失い、透哉と離れていた時間も意味があり無駄ではなかったから再会できたのでしょう。愛は偉大ですね！

最後になりますが、イラストを担当してくださった浅島先生。魅力的なふたりを描いてくださってありがとうございました。また、編集作業を支えてくださった担当様、本作の制作等に携わってくださいました皆様に感謝申し上げます。

そしてそして、いつも応援してくださる皆様と、本作をお迎えくださった皆様も本当にありがとうございます！

この作品が、皆様のお心に少しでも残れたら幸いです。

和泉《いずみ》あや

和泉あや先生への
ファンレターのあて先

〒104-0031
東京都中央区京橋1-3-1
八重洲口大栄ビル7F
スターツ出版株式会社　書籍編集部　気付

和泉あや先生

本書へのご意見をお聞かせください

お買い上げいただき、ありがとうございます。
今後の編集の参考にさせていただきますので、
アンケートにお答えいただければ幸いです。

下記URLまたは二次元コードから
アンケートページへお入りください。
https://www.berrys-cafe.jp/static/etc/bb

ベリーズ文庫

この物語はフィクションであり、
実在の人物・団体等には一切関係ありません。

クールな脳外科医と溺愛まみれの契約婚
～3年越しの一途な愛で陥落させられました～

2024年3月10日　初版第1刷発行

著　者　和泉あや
©Aya Izumi 2024

発行人　菊地修一

デザイン　hive & co.,ltd.

校　正　株式会社 文字工房燦光

発行所　スターツ出版株式会社
〒104-0031
東京都中央区京橋1-3-1　八重洲口大栄ビル7F
TEL　03-6202-0386（出版マーケティンググループ）
TEL　050-5538-5679（書店様向けご注文専用ダイヤル）
URL　https://starts-pub.jp/

印刷所　大日本印刷株式会社

Printed in Japan

ISBN 978-4-8137-1556-6　C0193

ベリーズ文庫 2024年3月発売

『一途な救命救急医の溢れる恋情で娶られて―この最愛からは逃げられない【ドクターヘリシリーズ】』 佐倉《さくら》伊織《いおり》・著

密かに想い続けていた幼なじみの海里と偶然再会した京香。フライトドクターになっていた海里は、ストーカーに悩む京香に偽装結婚を提案し、なかば強引に囲い込む。訳あって距離を置いていたのに、彼の甘い言葉と触れ合いに陥落寸前! 「お前は一生俺のものだ」――止めどない溺愛で心も体も溶かされて…。

ISBN 978-4-8137-1552-8／定価748円（本体680円＋税10%）

『クールな海上自衛官は想い続けた政略妻へ激愛を放つ』 にしのムラサキ・著

継母や妹に虐げられ生きてきた海雪は、ある日見合いが決まったと告げられる。相手であるエリート海上自衛官・柊梧は海雪の存在を認めてくれ、政略妻だとしても彼を支えていこうと決意。生涯愛されるわけないと思っていたのに、「君だけが俺の唯一だ」と柊梧の秘めた激愛がとうとう限界突破して…!?

ISBN 978-4-8137-1553-5／定価748円（本体680円＋税10%）

『天才パイロットは契約妻を溺愛包囲して甘く満たす』 宝月《ほうづき》なごみ・著

空港で働く紗弓は、ストーカー化した元恋人に襲われかけたところを若き天才パイロット・嵐に助けられる。身の危険を感じる紗弓に嵐が提案したのは、まさかの契約結婚で…!? 「守りたいんだ、きみのこと」――結婚生活は予想外に甘くて翻弄されっぱなし！ 独占欲を露わにした彼に容赦なく溺愛されて…。

ISBN 978-4-8137-1554-2／定価748円（本体680円＋税10%）

『気高き敏腕CEOは薄幸秘書を滾る熱情で愛妻にする』 吉澤《よしざわ》紗《さ》矢《や》・著

OLの咲良はバーでCEOの颯斗と出会い一夜をともに。思い出にしようと思っていたらある日颯斗と再会！ ある理由から職探しをしていた咲良は、彼から秘書兼契約妻にならないかと提案されて!? 愛なき結婚のはずが、独占欲を露わにしてくる颯斗。彼からの甘美な溺愛に、咲良は身も心も絆されて…。

ISBN 978-4-8137-1555-9／定価737円（本体670円＋税10%）

『クールな脳外科医と溺愛まみれの契約婚～3年越しの一途な愛で陥落させられました～』 和泉《いずみ》あや・著

経営不振だった勤め先から突然解雇された菜子。友人の紹介で高級マンションのコンシェルジュとして働くことに。すると、マンションの住人である脳外科医・真城から1年間の契約結婚を依頼されて…!? じつは以前、別の場所で出会っていたふたり。甘い新婚生活で、彼の一途な深い愛を思い知らされて…。

ISBN 978-4-8137-1556-6／定価748円（本体680円＋税10%）

ベリーズ文庫 2024年3月発売

『虐げられ令嬢が死亡フラグ回避しようとしたら冷徹王太子の最愛花嫁になりました～ループは溺愛の証でした～』 小蔦《こづた》あおい・著

公爵令嬢・シシィはある男に殺され続けて9回目。死亡フラグ回避するため、今世では逃亡資金をこっそり稼ぐことに！　しかし働き先はシシィのことを毛嫌いする王太子・ルディウスのお手伝い。気まずいシシィだったが、ひょんなことから彼の溺愛猛攻が開始!?　甘すぎる彼の態度にドキドキが止まらなくて…！

ISBN 978-4-8137-1557-3／定価759円（本体690円＋税10%）

ベリーズ文庫 2024年4月発売予定

Now Printing

『タイトル未定(パイロット×再会愛)【ドクターヘリシリーズ】』 佐倉伊織《さくらいおり》・著

ドクターヘリの運行管理士として働く真白。そこへ、2年前に真白から別れを告げた元恋人・篤人がパイロットとして着任。彼の幸せのために身を引いたのに、真白が独り身と知った篤人は甘く強引に距離を縮めてくる。「全部忘れて、俺だけ見てろ」空白の時間を取り戻すような溺愛猛攻に彼への想いを隠し切れず…。

ISBN 978-4-8137-1565-8／予価660円（本体600円＋税10%）

Now Printing

『エリート脳外科医が心酔する、三十日間の愛され妻』 葉月《はづき》りゅう・著

OLの天乃は長年エリート外科医・夏生に片思い中。ある日余命1年半の病が発覚した天乃は残された時間は夏生のそばにいたいと、結婚攻撃に困っていた彼の偽装婚約者となる。それなのに溺愛たっぷりな夏生。そんな時病気のことがばれてしまい…。「君の未来は俺が作ってやる」夏生の純愛が奇跡を起こす…！

ISBN 978-4-8137-1566-5／予価748円（本体680円＋税10%）

Now Printing

『初恋婚』 高田《たかだ》ちさき・著

社長令嬢だった柚花は、父親亡き後叔父の策略にはまり、貧しい暮らしをしていた。ある日叔父から強制された見合いに行くと、現れたのはかつての恋人・公士。しかも、彼は大会社の御曹司になっていて!?　身を引いたはずが、一途な愛に絆されて…。「俺が欲しいのは君だけだ」――溺愛溢れる立場逆転ラブ！

ISBN 978-4-8137-1567-2／予価748円（本体680円＋税10%）

Now Printing

『タイトル未定(御曹司×政略結婚)』 紅《くれない》カオル・著

父と愛人の間の子である明花は、継母と異母姉に冷遇されて育った。ある時、父の工務店を立て直すため政略結婚することに。相手は冷酷と噂される大企業の御曹司・貴俊。緊張していたが、新婚生活での彼は予想に反して甘く優しい。異母姉はふたりを引き裂こうと画策するが、貴俊は一途な愛で明花を守り抜き…。

ISBN 978-4-8137-1568-9／予価660円（本体600円＋税10%）

Now Printing

『堅物副社長は甘え下手な秘書を逃がさない』 蓮美《はすみ》ちま・著

副社長秘書の凛は1週間前に振られたばかり。しかも元恋人は後輩と授かり婚をするという。浮気と結婚を同時に知り呆然とする凛。すると副社長の亮介はなぜか突然契約結婚の提案をしてきて…!?　「絶対に逃がしたくない」――亮介の甘い溺愛に翻弄される凛。恋情秘めた彼の独占欲に抗うことはできなくて…。

ISBN 978-4-8137-1569-6／予価748円（本体680円＋税10%）

タイトル、価格等は変更になることがございますのでご了承ください。